Ludwig Burgdörfer

Wie der Zitronenfalter die Zitronen faltet

Heiter-Nachdenkliches über Gott und die Welt

BRUNNEN
Verlag Giessen · Basel

MIX
Papier aus verantwortungsvollen Quellen
FSC® C006701
www.fsc.org

www.brunnen-verlag.de
Umschlagbild: Shutterstock.com
Umschlaggestaltung: Olaf Johannson
Satz: DTP Brunnen
Druck: CPI – Ebner und Spiegel, Ulm
ISBN 978-3-7655-4172-8

Meinem Vater
Eugen Burgdörfer
zum 90. Geburtstag gewidmet

Inhalt

Entschleunigungsbeauftragte

Sonntags treffen wir auf sie.
Hauptsächlich zwischen 14 und 16 Uhr.
Auf allen Landstraßen.
Sie fahren tatsächlich,
wenn auch nur
sehr langsam,
das aber unbeirrt
und ganz gleichmäßig,
ob innerhalb oder außerhalb der Ortschaft,
stramme 60
höchstens.
Vorne mit Hut,
hinten mit Wackeldackel.

Das wäre überhaupt nicht schlimm,
wenn sie so nicht ausgerechnet immer und jederzeit
genau vor uns
herfahren würden.
Wie sie das machen,
das ist noch weitgehend unerforscht.
Warum sie es machen,
das schon eher.
Sie machen nämlich einen Ausflug,
eine Fahrt ins blaue Wunder vielleicht.

Und damit alle was davon haben
und ganz genau beobachten können,
wie am Wegesrand
der Zitronenfalter die Zitronen faltet
und der Klatschmohn applaudiert,
darum ist Slow Motion unabdingbar.
Gemütlich umschauen,
nie abbiegen,
keinen Platz machen,
beharrlich immer schön den Mittelweg einschlagen
und von den Autos dahinter
nicht einmal im Traum etwas ahnen.

Aber ansonsten sind sie völlig ungefährlich,
die Sonntagsfahrer.
Die tun niemandem was.
Und außerdem erfüllen sie,
glaube ich,
einen wertvollen gesellschaftlichen Auftrag.
Sie stören uns nämlich empfindlich
bei unserer ungebremsten Art und Weise,
auf die Schnelle abzufahren auf alles.
Die Sonntagsfahrer sind unsere
Entschleunigungsbeauftragten.
Sie erfüllen
eine unbedingt notwendige Notbremsenpflicht.
Sie sind die letzten Zeugen dafür,
dass es am Sonntag

bitteschön
endlich mal etwas langsamer
vorwärtsgehen darf.

Ja, ich vermute sogar,
dass die Sonntagsfahrer,
die uns so den Nerv rauben,
in Wirklichkeit
von Gott abgesandte Engel sind,
deren Aufgabe es ist,
uns zum Abbremsen zu zwingen,
langsam, aber sicher zu uns zu kommen.

Sie lehren uns
die Seelenruhe
mit Engelsgeduld.
Wie könnten wir sonst
jemals Zitronenfalter
falten sehen?

Bildhübsch

Wir brauchen Bilder,
wir sind Bildermenschen.
Lange bevor wir lesen und schreiben,
malen und betrachten wir.
Die Welt ist zuerst ein Bilderbuch.
Wir müssen uns von allem und jedem ein Bild machen,
um das Unfassbare zu erfassen
und das Unbegreifliche zu verstehen.
Wir haben Bilder im Kopf,
wenn wir nachdenken, uns erinnern, planen und
träumen.
So bilden wir uns aus und weiter und fort.
Bildung braucht Bilder.

Unsere Meinung bildet sich zuerst,
ehe wir sie sagen und behaupten können.
Unser Leben ist ein Album,
ein Film, eine Bilderreise.
Man hat uns gleich, als wir auf die Welt gekommen sind,
fotografiert, spätestens beim Eintritt in den
Kindergarten
oder in die Schule.
Ehe wir einander eine SMS schreiben
oder Mails versenden,
sitzen wir da und malen.
Zuerst bilden wir ab.

Erst danach bilden wir uns
was ein.
Bei Firmung oder Konfirmation,
Hochzeit und Jubiläum:
Fotos gehören immerzu dazu.
Und wenn jemand achtzig wird,
ist er oder sie ganz stolz,
wenn's in der Zeitung steht –
am besten mit Bild.

Unsere Wohnungen sind eine einzige Galerie,
bebilderte Biografie.
Bis zuletzt sammeln und behalten wir Bilder,
auch und gerade von denen,
die schon von unserer Bildfläche verschwunden sind,
um sich in der Dunkelkammer
des vor Gott verweilenden Totenreiches
neu zu entwickeln
zu einem nie da gewesenen bildhübschen Porträt
ewigen Lebens.

Wir sind Bildermenschen.
Und wir bleiben es auch.
Weil Gott es so gewollt hat,
als er uns zu seinem Bild erschuf.
Und darauf allein
können wir uns wirklich
was einbilden …

Verwandtschaft

Freunde sucht man sich,
Verwandtschaft hat man.
Wir alle sind Teil einer Familie.
Die haben wir uns nicht ausgesucht,
in die sind wir hineingeboren.
Wir haben uns nicht wirklich dagegen wehren können,
und als wir angefangen haben, uns zu wehren, war es
zu spät.
Wir sind Teil einer Familie mit ihrer eigenen Eigenart,
ihrer Geschichte, ihren Erfahrungen von Glück und
Gelingen
und ebenso auch von Leid und Schuld und Scheitern.
Das ganze Paket.
Da haben wir alle was zu tragen.
Und alle unsere Herkunftsfamilien haben die Tendenz
zum Insularen, zur geschlossenen Gesellschaft,
zum ganz eigenen Innenleben.
Da gibt es eigene Sprachregelungen,
absolut funktionierende Rollenspiele,
ganz tief verwurzelte Spannungen, Sympathien auch
und gut gepflegte Feindschaften.
Und das meistens ganz subtil,
oft unausgesprochen, nie ganz offenbar,
aber für alle spürbar da und dort vorhanden.
Alles, alles und noch viel mehr.

Wir bleiben Kind, solange die Eltern noch leben
und wenn wir schon längst selber Eltern sind.
Wir haben unsere Rolle unter den Geschwistern
eingeübt.
Das alles sind Konstellationen fürs Leben.
Manchmal tun sie gut und manchmal tun sie weh.
Da sind sie immer.
Freunde sucht man sich, Verwandtschaft hat man.
Jesus auch.
Ich meine, Jesus hat auch eine Familie.
Zu der ist er gekommen wie die Jungfrau zum Kind.
Er ist vom Himmel gefallen und hat mit seiner Geburt
die ganze Welt von Josef und Maria auf den Kopf
gestellt.
Die waren gerade dabei,
sich einander vertraut zu machen
und als Verlobte beieinander Probe zu sitzen.
Und dann kam alles ganz anders.
Das kommt in den besten Familien vor,
aber in diesem speziellen Fall
ist es doch noch mal besonders.
Der Stress, den man und frau hat,
wenn man Eltern wird,
der wurde in seinem Falle um ein Vielfaches getoppt.
Der Trubel und die Irritationen,
die Jesus von Anfang an ausgelöst hat,
das war richtig Arbeit für die beiden Eltern.
Zumal alles noch wunderbarer und rätselhafter war,

als eine Geburt es ohnehin zu sein pflegt.
Bei der Erziehung seiner Eltern
ist Jesus äußerst anspruchsvoll.
Und damit ist er ihnen oftmals ein Rätsel.
Aber gut,
in Nazareth hat man sich irgendwann beruhigt,
zumal der Junge doch wie ein ganz normales Kind
aufzuwachsen schien.

Als Zwölfjähriger allerdings hat er bewiesen,
dass die Pubertät auch bei ihm zügig eingesetzt hat.
Er ist nämlich abgehauen,
als man in Jerusalem zum Passahfest gepilgert war.
Demonstrativ hat er da gezeigt,
dass er der Maria nicht gehört.
Und dem Josef erst recht nicht.
Zumal er ja einen himmlischen Vater hat,
was erschwerend hinzukommt,
möchte man fast sagen.

Nach dem Ausreißversuch allerdings
hört man lange nichts mehr,
nichts Negatives jedenfalls.
Jesus wächst zu Hause auf und lernt von Josef
ein ordentliches Handwerk.
Der Zimmermann baut Häuser,
bringt unter Dach und Fach,
weiß, wo der Hammer hängt und was ein Meter ist.

Und da können die Eltern stolz sein
und die Maria beruhigt.
Und wenn ein Mann einmal dreißig Jahre alt geworden ist,
dann kann man annehmen,
dass er allmählich seinen Verstand beisammenhat
und sich auskennt
und weiß, worauf es ankommt.
Insofern dürfte der Haussegen einigermaßen
in Schräglage geraten sein,
als Jesus ausgerechnet in diesem Alter plötzlich verrückt wird,
indem er abrückt und ausrückt
und die Spur wechselt
und zum wundersamen Wanderprediger mutiert.
Obdachlos, heimatlos, mittellos.

In Nazareth selber kommt das ganz schlecht an.
Der Prophet gilt nichts im eigenen Vaterland.
Beinahe wären sie ihm sogar an den Kragen gegangen.
Aber außerhalb macht er Furore,
Blinde sehen, Lahme gehen, Aussätzige werden rein
und Armen wird das Reich Gottes verkündigt.
Und Anhänger gibt es.
Und Kritiker gibt es.
Viel Feind, viel Ehr
und mehr.

Und so ist es kein Wunder,
dass Maria mit den Geschwistern aufbricht
zur großen Heimholungsaktion.
Ein herzzerreißendes Familiendrama.
Denn was Jesus da inszeniert,
das ist nicht von schlechten Eltern.
Er lässt seine Familie draußen vor der Tür stehen
und erklärt kurzerhand die anwesende Zuhörerschaft
zu seiner Familie.
Er definiert Blutsverwandtschaft völlig neu.
Er erweitert sozusagen den Familienbegriff
um eine nie da gewesene Dimension,
adoptiert sozusagen alles,
was sich in der Fanmeile bewegt,
und nennt Schwester und Bruder und Mutter,
wer den Willen Gottes tut.

Jesus lehnt seine Familie also nicht ab,
auch wenn es uns zuerst so erscheinen mag,
aber er erweitert sie
und macht uns zu seinen Geschwistern.
Keiner mehr für sich,
weil Gott für uns alle ist.
Der Stammbaum des ewigen Lebens
lacht sich einen Ast nach dem anderen
und wächst hoch hinaus,
bis in den Himmel.

3 x täglich

Was wir gewöhnt sind,
das tun wir auch gern.
Wir sind Gewohnheitsmenschen.
Stehen auf zu gewohnter Zeit.
Gehen ins Bad und in die Küche.
Frühstück, Zeitung, Gruß und Kuss.
Alles geht seinen gewohnten Gang.
Der Tag, der Abend, die Woche,
Feierabend, Wochenende.
Wir riechen den Sonntagsbraten,
gehen spazieren
und einander auf die Nerven,
versuchen zu besuchen,
machen was
und machen was draus.
Und was wir gewöhnt sind,
das tun wir auch gern.
Das hilft uns ungemein.

Sonst müssten wir ja jeden Morgen
das Leben neu erfinden, ständig fragen:
Wie machen wir jetzt das
mit dem Waschen und dem Frühstück
und dem Morgenmuffel?
So haben wir das alles einstudiert
und oft genug geübt, wir sind's gewohnt.

Kommen wir aus dem Gewohnten ins
Außergewöhnliche,
dann wackeln uns die Knie.
Nichts geht in der Regel über das Geregelte.
Schauen wir zum Beispiel
auf den biblischen Daniel.
Der hat ein ganz besonderes Regelwerk,
und das heißt 3 x täglich:
3 x täglich Fenster öffnen –
3 x täglich Pause machen –
3 x täglich unterbrechen –
3 x täglich gottvoll sein –
3 x täglich Danke sagen –
3 x täglich Blickkontakt –
Beziehungspflege mit dem lieben Gott,
damit die Löwengrube
auszuhalten ist.

Loben, danken, bitten, flehen.
3 x täglich
Sprechzeit im Flüsterton,
damit uns Gott nicht fremd wird
und wir ihm ewig vertraut bleiben.

Gott ist mir eine gute Angewohnheit,
weil ich so viel zu danken und zu bitten habe,
weil ich vor ihm an andere Menschen denken kann,
die ich lieb habe

oder die mir das Leben so schwer machen.
Das Fenster öffnen
und das Geheimnis meines Lebens lüften,
dann halte ich es selbst in der Höhle des Löwen
eine Zeit lang aus.

Wir müssen dafür nicht ins Kloster gehen,
wir dürfen ruhig wie gewohnt
leben und arbeiten
und kommen und gehen
und unsere Gewohnheiten pflegen –
3 x täglich „Gott zum Gruße!“.

Das ist keine zusätzliche Last,
sondern eine Lust
am lieben Leben
unter Gottes Dach
in einem Haus
mit Fensterblick.

Postmodern

Sind wir postmodern?
Oder sind wir schon wieder weiter?
Wie sieht das Fahndungsfoto
eines postmodernen Menschen aus?

Wie ich
wahrscheinlich.

Wie du auch
womöglich.

Ganz normal
bestimmt.

Hat alles
und weiß,
dass das nicht alles ist.

Weiß alles
und weiß,
dass man nie wissen kann.

Ist überall
und nirgends
so ganz
richtig.

Flexibel ist
er, sie, es
sind
wir, ihr, sie
ohne Ende
bis zur seelischen Obdachlosigkeit.

Sitzen auf einem „Stuhl im Orbit“
(wie Herbert).

Für uns gilt:
Schlauer Kopf
und
dünne Haut.

Wir erfrieren.
Es ist ja so kalt
im All-
Tag
und überall.
Wir haben
Frostbeulen im Gemüt.
Da kann man machen,
was man will.
Da kann man nichts machen.

Was also macht
der postmoderne Mensch?

Er glaubt,
vor allem glaubt er
an irgendwas
mindestens.

Chronisch gläubig ist er,
Global Player,
Global Prayer.

Diesseits
ist zu eng
und einseitig.

Wir erwarten was.
Andererseits.

Wenn wir die Zeit endlich totgeschlagen haben,
wollen wir mindestens unendlich gern
viel Ewigkeit.

Da sind wir unglaublich häufig
gläubig!

Inzwischen zweifeln wir mehr
am Hier
als am Dort.
Wir sind fast krank
vor sehnender Sehnsucht

nach dem ewig Morgigen.
Posten seelenallein im Netz,
das nicht auffängt
und nicht richtig zuhört.

Wann werden wir
um Gottes willen
himmel-
reich?

Touchscreen

Immer mehr mit Fingerspitzengefühl

Das hat mich sehr berührt,
sagen wir,
wenn etwas wirklich gut gewesen ist,
mit Tiefe und Ernst und Wert und Würde.
Wir können uns mehr gut- als wehtun.
Wir können berühren.

Ist Ihnen schon aufgefallen,
dass wir im Alltag immer weniger schalten und drücken,
dass wir immer mehr berühren und tasten?
Ob Handy, iPad, Geld- oder Fahrkartenautomat,
wir tasten und berühren
mit unseren Fingerkuppen
sachte
markierte Felder
und lösen so die verschiedenen Funktionen aus.

Wir wählen und entscheiden, buchen und senden mit Touch,
mit der zartesten Berührung,
seit es Automaten gibt.
Interessant:
In unserer modernen Kommunikation
kommt ausgerechnet unser Talent zur Sanftheit

und zur vorsichtigen Annäherung zum Zug.
Wir tippen nicht mehr,
wir tasten.
Wir drehen und drücken und ziehen
weniger denn je,
wir berühren nur
und schon wird etwas ausgelöst.

Womöglich ist das auch im Umgang miteinander ganz entscheidend.
Dass wir einander nicht nur heftig auf die Schulter klopfen
und uns die Hände herzhaft schütteln,
sondern dass wir mehr streicheln und zärtlich sind.

Eine der zärtlichsten Formen der Berührung ist das Segnen.
Da legen wir zum Beispiel die Hände
ganz sacht auf die Schulter
oder auf den Kopf eines Menschen
und sagen ihm:
Du bist nicht allein.
Gott ist für dich da
und geht mit!

Segnen ist wie Streicheln
mit einem schönen Gruß von Gott.

Jesus hat das wohl perfekt beherrscht.
Im Markusevangelium wird erzählt,
wie er gegen den Widerstand der Erwachsenen
die Kinder zu sich kommen lässt.
Wörtlich heißt es da in der Bibel:
„Und er herzte sie, legte die Hände auf sie
und segnete sie.“

„Herzen“,
das ist wohl ein vom Aussterben bedrohtes kleines
Wort,
aber es klingt einfach zauberhaft,
weil es von der Energie unseres wichtigsten Organs
spricht,
von der wundersamen Strahlkraft des Innersten,
mit Herzenswärme.

Herzlich herzend handeln,
das passiert,
wenn wir segnen und berühren
und streicheln.

Klar ist da Fingerspitzengefühl gefragt.
Aber wenn das mit dem Handy
und dem Geldautomaten
so prima klappt,
warum dann nicht auch
im Umgang miteinander …

Knigge für Kranke

Krank werden,
das kann jeden treffen.
Von heute auf morgen aus dem Verkehr gezogen,
weil der Körper streikt.
Mich hatte es jetzt auch erwischt.
Wenn man dann plötzlich ausfällt,
fällt einem allerhand auf.
Zum Beispiel,
dass viele Menschen Anteil nehmen.
Und dann gibt es eine Welle von Sympathie.
Das ist ein griechisches Wort und heißt mitfühlen.
Dafür muss man ganz stark sein,
um die Menge an Hilfsangeboten zu verkraften.

Und weil ich diese Zuwendungen gerade eben so überstanden habe,
möchte ich gerne ähnlich Betroffenen davon erzählen.
Egal, ob Sie Sender oder Empfänger dieser Hilfsangebote sind.
Auf drei besondere Methoden möchte ich ausdrücklich hinweisen:

Erstens: die Siehste-Methode.
Sie wird besonders gern genommen.
„Siehste!", sagen diese Helfer,
„siehste, das haben wir schon lange kommen sehen!

Warum hast du auch immerzu so viel Stress gemacht.
Das hast du nun davon.
Hoffentlich lernst du was draus."
Nach meinem aktuellen Kenntnisstand sind fast alle,
die so auf mich eingeredet haben,
noch immer auf freiem Fuß.

Zweitens: die Alibi-Tröster-Methode.
Denen diene ich nämlich als guter Grund,
selber so zu bleiben, wie sie sind.
Plötzlich kommen sie emsig wie nie aus ihren
Verstecken
und sagen:
Nimm dir ein Beispiel an mir!
Ich hab mich noch nie verrückt gemacht.
Schau mich an, mir geht's gut,
ich bin fit und achte darauf, dass das auch so bleibt.

Drittens: die Ratschläge-Methode,
vor der ganz besonders zu warnen ist:
Das sind die Ratschläge von denen,
die immer schon wissen,
wie es läuft.
Die sagen einem dann, was zu tun ist, definitiv.
Ich weise nachdrücklich darauf hin,
dass auch gute Ratschläge Schläge sein können,
die einen hart treffen,
mitunter sehr hart.

Am Ende haben mir am meisten diejenigen geholfen, die mir etwas geschrieben haben.
Nicht hinter die Ohren, sondern von Herzen.
Unaufdringliche gute Wünsche und Anteilnahme.
Wunderbare Post, die zuspricht, aber nicht zusetzt.
Ich bin so dankbar für diese leisen, Mut machenden Signale.
Und für die Gebete.
Fürbitte ist etwas ganz Großes, wenn man sich selber klein fühlt.
Einen anderen ins Gebet zu nehmen ist allemal besser, als ihn sich zur Brust zu nehmen.

Staumeldung

2011 habe es die meisten Staus aller Zeiten gegeben,
heißt es.
Aneinandergereiht ergäben sich 450.000 Kilometer.
Das ist fast 100.000 Kilometer weiter als bis zum
Mond.
189.000 Staus stauten sich in dem Jahr.
Ich war in mehr als einem
und kann nur staunen,
dass wir alle zwischendurch mal wieder nach Hause
gekommen sind.
Forscher spekulieren seit Jahren,
wie es zu Staus kommen kann.
Wo wir doch so viele breite Straßen haben.
Aber irgendwie stecken die,
wie mir scheint,
auch im Stau der Erkenntnis fest.

Immerhin sagen sie uns:
In der Regel sind wir vor einem Stau
viel zu schnell und zu dicht gefahren.
Und dann reichen Kleinigkeiten,
die sich wie eine Kettenreaktion addieren:
Einer muss bremsen,
um bei der Abfahrt gerade noch die Kurve zu kriegen
oder das Handy zu handeln, die Zigarette anzustecken,
die Kinder zu mahnen

oder die Frau zu küssen,
und schon müssen die hinter ihm
bremsen,
und das heftig.
Es bremst sich was zusammen aus,
immer mehr und immer länger.
Dann fangen die Profis und Abfangjäger an,
die Bahnen zu wechseln,
kreuzen und queren
mit atemberaubendem Jagdtrieb
und organisieren so eine perfekte Verschachtelung,
die sich dermaßen blockiert,
dass am Ende alle dumm rumstehen.
Und da das Anfahren und Beschleunigen ja
im Vergleich zum Bremsvorgang viel langsamer geht,
dauert der Stau eben an.
Die Stauforscher werden dranbleiben.

Dass die sich auch schon mal mit dem Stau
auf anderen Strecken befassen,
habe ich so noch nicht gehört.
Dabei staut sich doch noch viel mehr
auf unseren anderen verschlungenen Lebenswegen.
Wenn sich zum Beispiel unser Glaube festgefahren hat
und einfach nicht mehr weiterbringt,
weil zu viele Unfälle an der freien Fahrt hindern.
Und wie oft haben wir uns mit unserer Liebe
verfahren.

Wo überall sind Leute gerade mit ihrer Hoffnung
stecken geblieben.
Da scheinen die Staus auf den Straßen noch die
harmlose Variante.
Der Stau in unseren Herzen und Seelen,
der reicht nicht nur bis zum Mond,
der geht weiter hinaus bis in den siebten Himmel
und fällt unserem Gott direkt vor die Füße.
Darum betet in der Bibel auch einer mitten aus seinem
Lebensstau:
„Zeige mir, Herr, deinen Weg!"
Und darauf können wir dann abfahren.
Aber nicht zu schnell und nicht zu dicht
und womöglich
erst übermorgen.

Ausrichten

Sportarten gibt es ja viele.
Eine ganz neue Variante lernt gerade laufen.
Und zwar rückwärts.
Es gibt seit Neuestem eine verrückte Disziplin,
die heißt: Rückwärtslaufen.
Eine Laufmasche der besonderen Art.
Man muss sich das so vorstellen,
dass jemand von Weitem wie ein ganz normaler Läufer aussieht,
der zwar nach vorne schaut, aber nach hinten läuft.
Der Pionier hier bei uns in Deutschland
heißt Roland Wegner.
Und der sagt in einem Interview:
„Mit dem Blick eines Rückwärtsläufers fällt es leichter,
Glücksgefühle zu konservieren,
weil man das Erreichte naturgemäß länger und intensiver
betrachten kann.
Rückwärtsläufer sind letztlich zufriedener!“
Das bedeutet also,
wenn man sich eine Rücksicht gönnt,
also noch einmal zurücktritt und sich das von Weitem anschaut,
was schon als Ziel vor Augen war,
dann bekommt alles noch mehr Anziehungskraft und Bedeutung.

„Ich bin noch nie beim Rückwärtslaufen hingefallen“,
meint Roland Wegner.
„Dem Läufer helfen die Linien auf der Tartanbahn,
Vorwärtsbegleiter oder Schulterblicke.
Man muss sich aber stärker konzentrieren.“
Dies funktioniert also nur im Team.
Da müssen immer noch ein paar dabei sein,
die in Laufrichtung schauen.

Rückwärts laufen,
um besser zu sehen,
was vorne wirklich wichtig ist.

Maler wissen ja auch,
dass man ein Bild nicht immer direkt
an der Leinwand bearbeiten kann.
Wenn man ganz nah dran sitzt und sich in die
Einzelheiten versenkt,
verliert man leicht den Blick auf das Wesentliche.
Dann muss man ab und zu den Pinsel weglegen
und weggehen vom Bild,
zurück, zurück,
um von Weitem das Ganze in den Blick zu nehmen.

Wenn wir uns also auch ab und zu ein Bild machen
wollen
von uns und unserem Lebensentwurf,
dann sollten wir anfangen,

mit dem neuen Rückwärtsläufer zu trainieren,
und üben,
wie man das Erreichte noch mal von der Ferne
anvisiert,
um dann weiterzumachen
mit dem Lebenslauf.

Der rücksichtsvolle Sportsmann jedenfalls lässt
ausrichten:
Mit Abstand
gelinge unser Leben
am besten.

Ich rieche, also bin ich

Ich finde dich dufte!
Das ist ein tolles Kompliment.
Was kann es Schöneres geben,
als dass sich Leute gut riechen können.
Selbst Singvögel erkennen ihre Familie am Geruch.
Gerade haben das Wissenschaftler herausgefunden.
Ihr gutes Näschen hilft ihnen,
immer wieder zueinanderzufinden.
Und davon können wir alle doch auch ein Lied singen.
Wenn wir nämlich die Nase voll haben voneinander,
dann stinkt es uns gewaltig
und wir gehen einander aus dem Weg.
Die Duftnote, die uns umgibt
und die uns schon von Weitem erkennbar macht, die entscheidet,
wen wir treffen,
wie wir uns finden,
bei wem wir gerne bleiben.
Nichts schlimmer,
als wenn zwei Nasen sich nicht mehr ertragen.
Wenn mir der andere zur Geruchsbelästigung wird,
dann ist es aus und vorbei.
Und es riecht ja nicht immer nur gut.

In der Bibel wird die dramatische Geschichte von Hiob erzählt.

Der hat erst mal die Nase immer ganz vorne gehabt
und es zu was gebracht.
Aber dann verliert er über Nacht alles,
was ihm lieb und teuer ist.
Nicht nur Hab und Gut,
sondern auch Kinder und Familienglück.
Und als er am Ende in Sack und Asche am Boden sitzt,
da heißt es, dass ihn seine Frau aufgibt,
ihm sagt,
er solle am besten sterben.
Und dann heißt es,
dass sie ihn
nicht mehr
riechen kann.
Verdufte endlich!
So komplimentiert man sich auseinander.
Aber anders herum geht es auch.

Mich bewegt es immer ganz besonders,
wenn trauernde Menschen davon berichten,
wie sie zu Hause auf der Suche nach dem Geruch
des geliebten Verstorbenen sind,
wie sie sich seine Kleider im Schrank
und seine Siebensachen
unter die Nase halten
und der Liebe nachschnüffeln,
die so weh-
und so guttut.

Solange es noch nach dem geliebten Menschen riecht,
so lange ist er präsent,
erfüllt eine sinnliche Präsenz noch immer den Raum.

Wahrscheinlich sind wir mit unserem Geruchssinn
viel mehr unterwegs,
als wir wissen.
Womöglich entscheiden wir meistens
der Nase nach.
Selbst der liebe Gott
hat dafür eine Schwäche.

Die Bibel berichtet immer wieder,
dass es Gott bis zum Himmel stinkt,
wenn seine Menschen Mist bauen,
wenn sie ihren Glauben nur inszenieren,
aber nicht praktizieren.

Dabei haben wir genau dafür eine gute Nase,
wenn jemand echt ist,
es wirklich gut mit uns meint,
wir uns aufeinander verlassen können.
Das steckt uns dann in der Nase.
Und Gott will,
dass wir diese Begabung nutzen.

In den Himmel wachsen

für Andreas Schlamm

Glaubst du noch oder weißt du schon?
Unser Glaube fängt ja ganz klein an.
Und wenn wir größer werden,
wachsen wir aus ihm heraus
oder er wächst mit uns mit.
Und da fällt eine Grundsatzentscheidung:
Was ein Kind so alles glaubt,
das wird mit der Zeit von der Realität eingeholt.

Als Kind habe ich mal an alles Mögliche
und vor allem Unmögliche geglaubt.
Die drei absoluten Favoriten waren:
der Klapperstorch,
der Osterhase
und das Christkind.
Und zwar das Christkind,
auf das man sich freut, weil es bald kommt,
dem man Wunschzettel schreibt,
das Plätzchen im Himmel bäckt, wenn er rot ist,
und das klingelt am Heiligen Abend, wenn's da war.

Mit dem unaufhaltsamen Größerwerden
und klüger und gescheiter
verliert man den Glauben

an das Unglaubliche.
Der Klapperstorch,
der war da noch der am wenigsten zu bedauernde
Verlust.
Der Abschied vom Osterhasen dagegen
hat schon ein bisschen wehgetan.
Aber hammerhart,
so richtig zum Heulen ist es,
wenn der Traum vom Christkind platzt.
„Ach, als die Kinder noch klein waren,
da war Weihnachten noch schön!",
sagen die Großen und die Alten
und die Altgescheiten,
mit ganz viel Nostalgie und Sehnsuchtsschmerz.
Sind keine Kinder mehr da,
ist der Glaube auch fort.
Und der Zauber
und der Glanz
und die Gänsehaut
und das Staunen
und das Erwarten
und das Glück und der Dank
und die überwältigende Freude am Leben im
Augenblick.

Und so ist es gekommen,
dass sich hartnäckig das Gerücht verbreiten konnte,
dass, wer groß wird,

einfach nicht mehr glauben kann.
Weil er und sie einfach zu viel wissen,
wie es wirklich ist,
angeblich.
Und so ist unser Weg aus dem Glauben
quasi programmiert.
Wir sind nur so lange gläubig,
wie wir noch kindisch sind.
Je mehr Grips, umso weniger Knirps.
Glaubst du noch oder weißt du schon?

Es ist an der Zeit,
dass wir auch als Gernegroße
wieder in den Glauben fallen,
dass wir begreifen,
welch ein Zauber über unserem Leben liegt,
wie viel Geheimnis und Rätsel uns umgeben,
wie viel gottvolle Nähe und Liebe uns beatmet,
wie wenig wir wirklich verstehen und ahnen
von dem, was es noch gibt,
außerhalb dessen,
was wir zu kennen glauben.

Erwachsen glauben,
das muss doch möglich sein.
Mit Verstand glauben,
mit allem,
was erklärbar ist, auf den Glauben stoßen.

Sich nicht entscheiden müssen:
Bin ich denn ein bisschen blöd, naiv, unwissend, verstockt,
ein fundamentalistisch
sich dem allgemeinen Kenntnisstand verweigernder Ahnungsloser
oder ein aufgeklärter, rationaler Realist?

Realist oder Christ?
Ist das vielleicht die falsche Frage?
Das kann doch wohl nicht die Alternaive sein.
Paulus sagt es so:
„Als ich ein Kind war,
da redete ich wie ein Kind
und dachte wie ein Kind
und war klug wie ein Kind;
als ich aber ein Mann wurde,
tat ich ab,
was kindlich war."
Aber nicht,
um ab sofort mit dem Glauben abzuschließen,
sondern um weiterhin,
„stückweise", wie er sagt,
zu erkennen,
„wie ich erkannt bin".

Wir sind also auf dem Weg,
mit unserem Glauben erwachsen zu werden.

Wir müssen viel wissen,
um viel zu glauben.
Wir brauchen womöglich eine zweite oder dritte
Naivität,
eine bewusste, weil wissende Art,
ein Kind Gottes zu sein
und zu bleiben.
Und dazu brauchen wir
Schulung,
Fortbildung,
Trainingslager,
auch für die rege Pflege
und Wartung
und das neue Wieder-Holen
unseres alten oder vergessenen
oder unterwegs verlorenen Glaubens.
Glauben kommt auf Kurs
und füllt die Bildungslücke.

Etwas ganz Großes
wird das,
glaube ich.

Im Krankenhaus

Ich gehöre zu der Generation,
die nichts auswendig gelernt hat.
Das Qualitätsmerkmal meines kirchlichen Unterrichts
war
(soweit ich mich erinnern kann):
Auswendig ist *out*!

Mühsam habe ich
inzwischen nachgeholt
und gute Worte gegen die Angst
inständig inwendig gesammelt,
sodass ich sie jetzt auswendig kann.
Ich trage sie bei mir,
hab sie im Sinn,
ein Speicher voll mit Glaubenspoesie.
Für alle Fälle.
Unfälle, schwere Fälle,
die schwerfallen.

Wenn ich aus dem Rahmen des Vertrauten falle
und außer mir bin vor Außergewöhnlichem.
Wenn sie mir alles aus den Händen nehmen,
das Kopfkissen wegziehen,
mich in den OP schieben
oder in die Röhre,
mir davor das letzte Hemd

und die Scham
ausziehen,
dann,
dann halte ich mich
inwendig fest
am Auswendigen:
an einem Vers,
an einem Wort,
Psalm, Lied, Reim, Gebet
und hole es wieder
und wiederhole es,
immer und noch einmal,
und widerspreche der engen Angst,
der inwendigen,
mit den auswendigen Zauberworten,
spreche mich frei.
Rede mir gut zu.
Bete mich gottvoll
ins gelassene Lassen
und bin *sein!*

Vorsichtshalber
lerne ich weiter.
Ehe ich keine Worte mehr hab.
Ich muss den Nachschub sichern,
die Reichweite verlängern,
den Proviant auffüllen.

Nach den letzten Nachtwanderungen
kann ich nur sagen:
Nachahmung dringend empfohlen.
In- und auswendig!

Das sieht ihm ähnlich!

„Zum Bilde Gottes schuf er ihn."
Den Menschen.
Göttlicher Bauplan
sind wir also.
Göttliches Modell.
Gewollt,
gemacht,
gebildet.
Ihm ähnlich.
Ganz der Vater!
Seine feinen Züge
in unserem Gesicht.
Sein Odem
in unserem Atem.
Lebenshauch.
Ob jung, dynamisch
oder erfolglos.
Ob alt, einsam
oder gemeinsam.
Ob ungehindert scheinbar
oder schwer gehandicapt offensichtlich –
„zum Bilde Gottes
schuf er ihn",
den Menschen.
Auch den
mit den Fehlern, Macken und Marotten,

auch den mit
ohne Schönheit
außen.
Im Rollstuhl sitzt er,
muss gefüttert werden,
trägt Windeln
mit Würde,
spielt Golf
und manchmal keine Rolle,
ist Pflegefall
und manchmal hoffnungslos,
geht in der Arbeit auf
und manchmal unter,
ist farbig
und hat ganz dünne Haut,
auf Facebook hat er viele Freunde
und ist doch oft ohne Netz
und doppelten Espresso,
liegt richtig,
falsch
und auch am Boden,
steht auf am Morgen
und dann auf wackeligen Füßen,
schöpft aus dem Vollen
und ist dann so erschöpft,
nimmt alles mit
und ist so mitgenommen,
gebildet ist er

und sie auch
zu seinem Bilde.

Das sieht *ihm* ähnlich!

Friedenserklärung

Hiermit erkläre ich
vorsichtshalber
mir und dir
den Frieden.

Ich stelle feierlich
das Feuer ein,
mit dem ich anderen
die Hölle heißmachen wollte –
ab und zu zumindest.

Ab sofort will ich
in einer waffenfreien Zone wohnen
und mit entwaffnender Liebesmüh
ins Umfeld ziehen.

Ich halte erklärtermaßen
den ruinösen Kampf
Auge um Auge
für reine Augenwischerei
und verzichte großzügig darauf,
durch vermeintliche Siege
die Lust am Leben zu verlieren.

Ab jetzt spiele ich meine Rolle
als Christenmensch ganz selbst

und bewusst
und frage:
Was würde Jesus denn jetzt wagen?

Und schon verweigere ich jede Bereitschaft,
weiterhin irgendwelche
voreiligen Vorurteile
über andere Andere
in Umlauf zu bringen
und sie mit halben Wahrheiten
zu halben Portionen zu machen.

Ich bin auch nicht länger bereit,
schweigend zuzuhören,
wenn menschenverachtend
über andere gesprochen wird.

Ich entziehe meine Einwilligung denen,
die mich gerne zum stillen Teilhaber
ihrer Machenschaften machen wollen,
mich triezen
als Komplizen.
Damit ist jetzt Schluss!

Ich nehme meine Einzugsermächtigung
denen gegenüber zurück,
die meinen Glauben,
meine Hoffnung

und meine Liebe
in den Bankrott treiben.

Ich kündige die Mitgliedschaft
in jedweder uneinigen Vereinigung,
in der man sich unheimlich einig ist,
wenn es um die geht,
die sich nicht so vereinnahmen lassen.
Ich schiebe die Sache
nicht länger auf die lange Kirchenbank.

Wie Gott mir, so ich dir.

Stützräder

Beim Aufräumen im Keller habe sie gefunden.
Die Stützräder.
Sie gehörten einmal an das kleine Kinderfahrrad.
Das ist lange her.
Da hab ich mich auf die Kellertreppe gesetzt
und erst mal tief Luft geholt.
Tatsächlich, das alles war einmal.
Die Kinder klein und doch so munter.
Und wir waren bei einem Osterspaziergang
durch den Park.
Und der Sohnemann vorneweg
mit seinem kleinen Fahrrad.
Mit Stützrädern.
Plötzlich hält er an,
steigt ab, hält so das Rädchen von sich weg,
als wollte er damit nichts mehr zu tun haben.
„Mach das ab!",
hat er gesagt.
Und die Stützräder gemeint.
Das musste auf der Stelle sein.
Keinen Meter wollte er mit diesem Gefährt
weiterfahren.
Das hat einfach nicht mehr zu seiner Fahrtüchtigkeit
gepasst.
Stützräder waren ab sofort mit seinem Image nicht
mehr vereinbar.

Davon war er überzeugt.
Und seine Anweisung war klar:
„Mach das ab!"
Der Papa hat dann Werkzeug aus dem Auto geholt
und schon war alles gut.
Da stieg er auf,
fuhr los,
gradewegs,
ohne einen Wackler.
Wacklige Knie hatte nur ich,
der Sohn war sofort
auf und davon.

Und so fährt er jetzt
seit bald dreißig Jahren.
Ohne Stützräder.
Und ich sitz im Keller,
hab die Dinger in der Hand
und bin einfach nur dankbar.

Da bringen wir unsere Kinder schon bei der Taufe zu Gott
und bitten um Stütze und Halt,
damit sie das Gleichgewicht im Leben finden,
die Balance auch,
dass sie nicht fallen, da und dort,
und wenn,
wieder aufstehen lernen und nicht aufgeben.

Und doch können wir ihnen nur Stütze sein auf Zeit,
sind begrenzt zuständig.
Irgendwann müssen die Stützräder weg
und sie radeln uns davon,
stehen auf eigenen Beinen,
denken ihre eigenen Gedanken,
fahren auf eigene Wege ab.

Zu früh loslassen wäre lieblos,
zu spät aber auch.

Wie viele strampeln sich ab
und kommen doch nicht weiter,
weil ihnen nie erlaubt wurde,
ohne Stützräder zu fahren.
Das ist schlimm und verletzt,
kränkt und macht krank.

Wir kommen auf die Welt,
um bald ohne schützende Stütze davonzufahren.
Bei der Taufe bekommen wir schon die Fahrerlaubnis
von Gott,
der uns zutraut, unseren eigenen Weg zu finden.
Und alle, die uns dabei helfen,
Eltern, Paten, Großeltern, Freunde,
sie sind nur so lange zuständig,
bis das Rad ins Rollen
und das Leben ins Gleichgewicht kommt.

Und dann heißt es: *Bahn frei!*
Und Stützräder ab in den Keller.

Jetzt hebe ich sie für Enkelkind Lotte auf,
und freu mich schon darauf,
wenn wir im Park spazieren gehen.

Woher? Wohin?

Manchmal müssen wir etwas
auf den Kopf stellen,
um auf die Beine zu kommen.
Umgedreht bekommen wir vielleicht den Dreh raus.

Ich denke da an die beiden Gretchenfragen:
Woher komm ich?
und
Wohin geh ich?

Unser Woher
und unser Wohin
geht uns nach wie vor
nach.

Nicht Tag und Nacht,
aber immer wieder mal,
hier und da,
woher eigentlich,
wohin eigentlich …
Habe ich ein Zuhause?
Habe ich Wurzeln, damit ich wachsen kann?
Wovon kann ich ausgehen
und worauf kann ich zugehen?
Und dazwischen verläuft mein Leben
wie ein Gedankenstrich.

Ich bin „von – bis“ unterwegs.
Von wo komm ich eigentlich?
Was ist meine Herkunft?
Darüber möcht ich gern mal Auskunft.
Dann hätte ich nämlich auch eine Zukunft!

Wir sind auf der Suche nach Geborgenheit
und nach einem Zuhause.
Nicht nur für unser Hab und Gut,
nicht nur für unsere Familie –
für die auch –,
aber tief in uns drin sitzt da noch so ein heimatloser Wandervogel,
der nicht so recht weiß,
woher und wohin.
Der flattert manchmal ziemlich unruhig in uns
und macht uns ganz verrückt.
Die Eckdaten für unser Leben werden gesucht,
an denen wir uns festmachen und orientieren könnten.

Und heute endlich fangen wir an,
das zu beschreiben,
anstatt zu vertreiben.

Aus der bangen Frage:
„Woher komm ich?“
machen wir die getroste Glaubensgewissheit:
Ich komm woher!

Aus dem wackeligen:
„Wohin geh ich?“
sortieren wir mutig die Behauptung:
„Ich geh wohin!“

Und dann klingt das womöglich so
wie in jener berühmt gewordenen Inschrift:
„Ich komm, weiß nicht woher,
ich bin und weiß nicht wer,
ich leb, weiß nicht wie lang,
ich sterb und weiß nicht wann,
ich fahr, weiß nicht wohin.
Mich wunderts, dass ich fröhlich bin.
Da mir mein Sein so unbekannt,
geb ich es ganz in Gottes Hand –
die führt es wohl, so her wie hin:
mich wunderts,
wenn ich traurig bin.“

Besuchstag

Einmal im Monat
ist unser Besuchstag.
Da gehe ich zu ihr.
Das hat sich so ergeben.
Als ich sie einmal besucht hatte
an ihrem Geburtstag.
Das ist schon lange her.
Und sie war damals sehr allein
und ziemlich dünn
und blass.

Ein bisschen scherzhaft,
aber doch ernst fragte ich damals,
ob sie sich das Essen abgewöhnt habe.
Und darauf schaute sie mir tief in die Augen
und meinte:
Es gibt niemand,
der mir einen „Guten Appetit!“ wünscht.

Um das zu ändern,
haben wir dann den Besuchstag eingeführt.
Ich komme zum Essen,
so um halb eins.
Tags zuvor hat sie geputzt.
Und sie war beim Friseur.
Am Vorabend hat sie schon alles vorbereitet.

Und dann,
am Besuchstag
um kurz vor halb eins,
steht sie an der Haustür schon
und wartet.
Hat eine weiße Schürze an
und strahlt.

Es gibt Dampfnudeln.
Mal so,
mal so.
Mal mit Vanillesoße,
mal mit Gulasch.
Wunderbar.
Wir sitzen im Esszimmer,
zur Feier des Tages.
Sonst isst sie im Stehen in der Küche,
sagt sie.

Ich bin für das Tischgebet zuständig
und sie für das Servieren.
Beides klappt wunderbar.
Und weil die Liebe ja bekanntlich durch den Magen
geht,
muss ich der Liebe wegen
ziemlich viel essen.

Und danach erzählt sie mir noch
von früher,
vom Krieg,
von dem Mann,
den sie so geliebt hat
und immer noch liebt
und der nie wiedergekommen ist,
von den Kindern,
die weit weg sind,
von dem Heimweh
und von der Einsamkeit,
die kränkt und krank macht.

Und dann muss ich weiter.
Das weiß sie und sie hält mich nicht auf.

Außerdem hat sie ja auch noch viel vor,
denn für sie ist der Besuchstag
dann längst nicht zu Ende.
Wenn ich nämlich weg bin,
dann packt sie
den Rest der Dampfnudeln ein
und macht sich selbst auf die Socken,
besucht in der Straße
andere Einsame und Verlassene
und bringt nicht nur Dampfnudeln vorbei,
sondern
viel, viel mehr.

Schreib mal wieder …

Briefe, schöne Briefe,
solche mit der Hand geschriebenen –
die gibt's immer seltener.
Heute machen wir das mit E-Mail und SMS
und facebook.
Dabei ist es mit dem Briefeschreiben
nicht zu vergleichen.
Das ist und bleibt einfach
eine einmalige Sache.

Es fängt damit an,
dass ich an jemanden denke
und spüre,
dass ich wirklich gerne etwas sagen möchte.
Womöglich bewege ich das schon lange in mir.
Und jetzt, ausgerechnet heute,
nehme ich mir vor zu schreiben.
Dafür brauche ich Papier und einen Stift.
Und ich brauche Muße und Zeit.
Und ich will dabei nicht gestört werden.
Und dann ist es so weit.
Ich sitze an meinem Tisch,
das Blatt vor mir,
die Gedanken in mir,
und ich fange an.
Und es kann passieren,

dass ich abtauche
und eintrete in einen Dialog
mit mir
und mit meinem Gegenüber,
tief in mich hineinschaue
und etwas davon zu Papier bringe.
Ich wäge ab und wage viel,
ich scheue zurück
und trau mich was.
Wie eine Fieberkurve
zieht mein Gefühl die Linien entlang.

Ich komme zum Schluss,
ich tauche wieder auf,
ich lese noch mal durch,
ich bin unsicher
und doch fest entschlossen.
Jetzt schnell den Umschlag, Adresse
und zu.

Auf dem Weg zum Briefkasten,
ziemlich weit weg,
geht mir alles noch mal durch den Kopf.
Soll ich den Brief wirklich einwerfen?
Ist alles nicht doch ein bisschen zu offen,
zu weit und zu viel?

Egal, wie auch immer,
jetzt ist es so weit,
rein in den Kasten,
und ab geht die Post.
Das heißt, erst morgen,
morgen früh wird geleert.
So lange liegt er da drin,
wie in einer Schatztruhe,
aufbewahrt, unzugänglich,
schon unterwegs
und doch noch nicht wirklich.

So gesehen
ist es doch ein vielsagendes Bild,
wenn die Bibel sagt:
Wir alle sind wie ein Brief,
ein Brief,
den Christus schickt
zu den Leuten,
damit sie sich freuen
und an ihn glauben.

In seinen Augen sind wir sozusagen
Liebesbriefe auf zwei Beinen,
losgeschickt,
um anderen Grüße von Gott auszurichten.
Also keine wandelnden Rechnungen
und keine drohenden Mahnungen

sollen wir verkörpern,
sondern liebe Liebesbriefe sollen wir sein.

Das soll ankommen.

Spieglein, Spieglein

Buße tun.
Wieso eigentlich?
Und wofür überhaupt?

Buße tun!
Deswegen und dafür!
Unter anderem:

Für das Lächeln,
das verächtliche,
du weißt schon wie …

Für das Stirnrunzeln,
das neunmalkluge,
du weißt schon wann …

Für die zwei verschlossenen Ohren,
die gehörig verstopften,
du ahnst schon was …

Für den Geschmack,
auf den man kommen kann,
ich weiß nicht wie,
wenn es sich auf Kosten anderer
gut leben lässt …

Für die Stimme,
die nicht erhobene.

Für das eine Wort
zu viel –
du weißt schon,
ich weiß es auch.

Für den Moment,
den falschen,
der Himmel weiß warum …

Für die Verletzung,
die lebensgefährliche.
Niemand weiß das besser!

Für die Härte,
die gnadenlose,
wer weiß, wie oft …

Für die kalte Schulter,
die gezeigte,
wer weiß, wie tief gefroren …

Für die Fluchten,
die gejagten,
ich weiß von nichts!

Für die Tricks,
die gedrehten.
Was ich nicht weiß …

Für dieses Grinsen,
das breitmaulfroschmäßige:
Ich weiß etwas,
was du nicht weißt …

Für das Vertrösten,
das billige.
Wie man weiß …

Buße tun.
Wofür?
Dafür!

Herr,
vergib uns!
Denn wir wissen doch,
was wir tun!

Tagwerk

Früher hat man auf dem Land
vom *Tagwerk*
gesprochen.
Feld und Flur wurden nach Größenordnungen
eingeteilt und beschrieben,
die man eben danach bemessen hat,
wie viel ein Gespann pflügen kann
an einem Tag.

Die kleinere Einteilung war zunächst
der *Morgen*,
also was an einem Vormittag zu schaffen war –
und ein Morgen,
das waren 2.500 Quadratmeter.
Und ein Tagwerk,
das waren dann exakt 3.333 Quadratmeter.

Das meiste war also am Morgen
schon geschafft!

Ein Tagwerk –
ob uns das heute gelingt?
Wie viel werden wir beackern?
Was werden wir bewerkstelligen
mit unserem Gespann?
Man kann gespannt sein!

Meistens nehme ich mir eher zu viel vor.
Selten gelingt mir das Pensum,
das ich mir verordnet habe.
Deshalb bin ich auch meistens am Abend
nicht so ganz zufrieden
mit dem Werk,
dem ganz persönlichen Tagwerk.
Wenn es Ihnen auch so geht,
dann könnten wir das ab heute ganz anders machen.
Denn das Ergebnis eines Tages
ist ja nicht das, was hätte passieren sollen,
sondern was wirklich passiert ist.
Unser Tagwerk wird sich im Ergebnis ergeben
aus vielem,
was jetzt noch ganz unkalkulierbar ist.

Unser Tagwerk ist jetzt noch ein Geheimnis,
ein vielversprechendes,
ein offenes.
Erst am Ende werden wir wissen,
was es gebracht hat.
Und dann wird es
ganz darauf ankommen,
dass wir uns einverstanden erklären
mit dem, was mehr oder weniger gelungen ist.
Am besten also,
wir ergeben uns dem,
was sich ergibt.

Nicht auf jedem Acker lässt sich gut pflügen.
Die Bedingungen sind so unterschiedlich.
Darum, egal,
wo wir heute anpacken,
zugreifen, mitmachen:
Ein gutes Tagwerk
soll es werden.

Findelkind

für Susanne

Vorsichtshalber will ich mich
bei Ihnen entschuldigen.
Falls Sie neulich umsonst
auf mich gewartet haben.
Ich habe nämlich meinen Terminkalender verloren.
Vor ein paar Wochen schon.
Alle Suche umsonst.
Nichts zu machen.
Auf einer Zugfahrt muss es passiert sein.
Beim Umsteigen vielleicht.
Und weil ich auch noch unbelehrbar altmodisch bin
und nicht nebenbei alles noch digital gespeichert habe,
ist die Katastrophe perfekt.

Ich stelle mir vor:
Da sitzen Leute irgendwo
und warten
seit dem Vortag
auf einen Vortrag …

Da freut sich ein verliebtes Brautpaar
auf das Traugespräch
vergeblich.
Ich höre irgendwo die Glocken läuten und …

Ob man um seinen verloren gegangenen
Terminkalender
beten darf?
Ich meine,
früher in der Schule
bei der Mathearbeit,
da hab ich auch oft gebetet
und hätte besser davor mehr gelernt.
Meine Frau meinte aber:
Wir könnten schon dafür beten.
Unbedingt sogar.
Und gute Freunde sind dann auch mit eingestiegen.

Um unserem Gebetsanliegen zusätzliche Kraft zu
verleihen,
habe ich schon mal eine edle Flasche Sekt gekauft,
damit wir gut gerüstet der Dinge harren,
die da kommen.
Ähnlich wie bei dem Gottesdienst in Afrika,
als die Leute um Regen beten wollten
und der Pfarrer erst damit anfing,
als alle einen Schirm geholt hatten.
So viel Gottvertrauen muss schon sein.

Die Bahn hat mich dann alsbald
als Verlierer registriert,
mit Verlustnummer.

Nichts geschieht.
Jeder Tag ist ein Abenteuer.
Ich verhalte mich ruhig
und nehme bis auf Weiteres
keine Termine mehr an.
Ich überlege ernsthaft,
mich bis nächsten Sommer beurlauben zu lassen.
Dann hätte ich ein Alibi.

Eines Abends wackelt plötzlich das Haus.
Meine Frau kommt vom Briefkasten.
Mit aufgerissenem Kuvert stürmt sie herein.
Ruft immer nur:
„Hurra! Hurra!",
und reicht mir den Brief:
Deutsche Bahn
Fundstelle Hannover
Der von Ihnen verlorene Gegenstand wurde gefunden
und bei uns abgegeben.

„Bittet, so wird euch gegeben!",
heißt es in der Bibel.
Tatsächlich.

Jetzt habe ich wieder
jede Menge Termine –
ich Findelkind.

Müde bin ich …

Sind Sie auch so müde?
Schon morgens?
Hätten Sie auch am liebsten
Ihre Ruhe jetzt?
Sagen Sie nichts.
Es kostet zu viel Kraft.
Wir verstehen uns auch so.

Müdigkeit kennt keine Grenzen.
Außer sie fällt unangenehm auf
bei den anderen Aufgeweckten.
Dann bekommen wir eine Mütze auf
und werden als solche betitelt.
Bist du erst mal als Schlafmütze berühmt,
dann endet damit die Karriere
umgehend sanft
auf dem Ruhekissen
der Bedeutungslosigkeit.

Das muss ein Ende haben.
Denn Müdigkeit ist ein Menschenrecht.
Und zwar ein göttliches!
Und darum unantastbar.

Müdigkeit ist ein von Gott geadeltes Schöpfungsgut.
Weil er es tut.

Gleich nach der Schöpfung.
Als Allererstes.
Nichts kommt dem zuvor.
Gott ist der Schöpfer
und darum erschöpft.
Und die Bibel schämt sich nicht,
davon zu berichten.

Am siebten Tag ist es so weit.
Gott ist müde.
Und er segnet das ab.

„Und Gott segnete den siebten Tag
und heiligte ihn,
weil er an ihm ruhte
von allen seinen Werken."

Damit ist entschieden:
Müdigkeit ist keine Schwäche,
sondern eine göttlich legitimierte Form der vitalen Präsenz.
Kein Fehlverhalten,
sondern ganz seriös
schöpfungsordnungsgemäß.

Müde sein,
das bedeutet:
eine große Nähe zu Gott zu haben.

Müdigkeit ist der Torbogen
zum vertrauensvollen Fallen
in einen gottvollen Schlaf.
Wohl dem, der müde ist
und es noch spürt.
Mit Mütze
oder ohne.

Bestseller

Zu einer Goldenen Hochzeit war ich eingeladen.
Sie wissen, das ist ein Fest,
nachdem ein Ehepaar
nobelpreisverdächtig lange
beisammengeblieben ist.
Fünfzig Jahre lang.
Wir saßen zusammen im Wohnzimmer
und die beiden erzählten mir mit feuchten Augen
von ihrer kirchlichen Trauung damals.

Plötzlich stand der goldene Bräutigam auf,
um, wie er sagte,
mir jetzt gleich etwas ganz Besonderes
zu zeigen.
Einen Augenblick nur hat es gedauert,
dann kam er zurück
und trug auf seinen beiden Händen
feierlich eine Bibel vor sich her,
legte sie behutsam auf dem Tisch ab
und sagte:
„Das ist sie. Unsere Traubibel."
Ich staunte nicht schlecht:
schwarzes Leder, Goldschnitt,
groß und schwer.
„Sie ist noch wie neu!", sagte er stolz.
„Schauen Sie nur,

da vorne hat unser Pfarrer
das Datum und unseren Trauspruch hineingeschrieben.
Aber ansonsten ist sie völlig unversehrt."
„Wir haben sie immer in Ehren gehalten,
damit nichts drankommt",
ergänzte seine Frau mit Nachdruck.
Die Unversehrtheit des Museumsstückes
konnte ich den beiden fraglos bestätigen,
aber das Loben und Preisen,
auf das jetzt vier aufmerksame Augen und Ohren
warteten,
das fiel mir doch sehr schwer.
„Wissen Sie", versuchte ich vorsichtig einzusteigen,
„Ihre Bibel ist wirklich sehr wertvoll,
aber eigentlich möchte sie nicht wie ein Schmuckstück
in die Vitrine,
sondern wie ein Gebrauchsstück in die Hand
genommen werden."

Das Gespräch war nicht einfach
und ich habe noch gut in Erinnerung,
wie sich der Jubilar schließlich wieder erhob,
um das gute Stück mit genauso viel Pathos
wieder zurückzubringen
ins Versteck.

Schade eigentlich,
dass die Bibel der am wenigsten gelesene

Besteller geworden ist.
Dabei ist es ein so
grandios spannendes Buch.

Es gibt übrigens seit Neuestem das Neue Testament
im Zeitschriftenformat am Kiosk.
Das NT Magazin.
Also nicht mehr nur Goldschnitt,
sondern ab sofort heimisch
im Blätterwald.

Interessanter Gedanke:
demnächst im Wartezimmer
oder beim Friseur
darin ein bisschen blättern.

Schauen,
worauf es ankommt,
bis man drankommt.

Kinderwagen und Rollstuhl

Seit vier Monaten darf ich es noch einmal machen.
Ich schiebe wieder einen Kinderwagen.
Weil mein erstes Enkelkind geboren ist.
Als Vater habe ich das früher auch schon gekonnt,
aber ich kann sagen:
Als Großvater ist das noch mal ganz was anderes.
Da braucht man einen ganz anderen Kinderwagen-Führerschein.
Und das ist großartig.
Noch einmal habe ich die Chance zum Anschieben des Lebens.
Dieses Wunder hat Hand und Fuß
und kommt direkt aus der Werkstatt des Schöpfers
und es verzaubert mich.
Also fahre ich wieder darauf ab
und schiebe das neue Leben mit an,
so gut ich kann.
Noch ist das kleine Mädchen vor allem bei sich,
spricht mit mir noch nicht über meinen Fahrstil
und mögliche Ausflugsziele direkt.
Es schaut zwar so ganz interessiert,
ist aber vorerst noch sehr zurückhaltend im Beurteilen der Lage.
Es ist da und erwartet das Leben.
Das entwickelt sich einfach laufend vorwärts
und läuft bis jetzt wunderbar rund.

Wenn ich zwischendurch noch Zeit habe,
gehe ich meiner zweiten Nebenbeschäftigung nach.
Ich schiebe nämlich meinen alten Vater im Rollstuhl.
Wir fahren immer denselben Weg.
Und er sagt immer dieselben Sätze.
Manchmal auch nicht.
Zuletzt immer weniger.
Und er weiß gar nicht mehr so wirklich,
wer ich bin und was wir machen
und wo und wann.
Er ist inzwischen ganz aus der Zeit gefallen.
Für ihn ist scheinbar alles gleich,
gleichzeitig,
gleich gültig.
Altes Kind,
junges Kind.

Zwischen Kinderwagen und Rollstuhl also
fährt das Leben dahin, so scheint es mir.
Und dieser Kreislauf des Lebens,
der bewegt und berührt mich gerade.

„Alles hat seine Zeit",
sagt die Bibel weise:
Geboren werden und Sterben,
Lachen und Weinen,
Lieben und Leiden,
Kommen und Gehen …

Das ist so.
Da lässt sich nichts aufschieben.
Da bleibt mir nur eines,
egal, ob mit Kinderwagen oder Rollstuhl unterwegs:
Vertrauen!
Vertrauen auf Gott,
der alles ins Rollen bringt.

Und ich kann nur beten und sagen,
wie es in einem Lied heißt:
„Ausgang und Eingang,
Anfang und Ende,
liegen bei dir, Herr,
füll du uns die Hände!“

Feiner Zug

In Hannover steige ich in den ICE.
Neben meinem reservierten Platz
sitzt ein Mann
und sagt: *Hello!*
Er hat schwarze Haut.
Ich weiße.
Wir fahren los.
Er schläft,
ich lese.

In Göttingen wacht er auf
und sagt:
Hello again!
Wir lächeln
und es geht weiter.

In Kassel halten wir länger.
Viele steigen aus.
Wir nicht.
Mit Verspätung fahren wir weiter.

Wieder vertiefe ich mich in meine Kirchendokumente.
Und plötzlich schläft mein Nachbar nicht mehr,
sondern schaut mir so quer in meinen Lesestoff,
wie man jemandem in die Karten schaut,
und plötzlich fragt er:

„You are a Christian?“
Sind Sie ein Christ?
Ich gestehe sofort
und freiwillig
und sage:
„Yes, I am!“

Da ist es,
als sei dieser junge Mann
erst jetzt zum Leben erwacht,
so präsent, so wach, so unglaublich strahlend.
Und ab sofort nimmt es kein Ende mehr.
Er erzählt von seiner afrikanischen Heimat,
von seiner Arbeit in der Botschaft seines Landes bei uns,
von der Entwicklungshilfe der Mission:
von Schulen, Gesundheitswesen, Infrastruktur,
alles sei bei ihm zu Hause durch die Hilfe von Christen entstanden.
Und er sei dankbar.
Niemals wäre er hier ohne diese Unterstützung.
Es sprudelt nur so aus ihm heraus.

Ich verstehe noch nicht mal die Hälfte.
Die Mischung aus Englisch und Suaheli
ist aber auch wirklich nicht leicht.
Aber ich verstehe genug,
um mich mit ihm zu freuen.

Ich erzähle von meinem Beruf als Pfarrer
und dass es Mission auch in meinem Lande gibt
und wie sehr wir Leute wie ihn brauchen,
um weiter begeistert von Gott zu sein.

In Frankfurt steigt er aus.
Wir verabschieden uns.
Er segnet mich.
Und ich ihn.
Unser gemeinsamer Glaube hat unsere
zufällige Fahrgemeinschaft
zu einer mitreisenden Glückserfahrung gemacht.

Es war wie Pfingsten,
weil es doch um die Begeisterung
für Gott
und füreinander geht.

Damit endlich zum Zug kommt,
was uns fehlt
auf der Welt.

Wenn auch verspätet.

Marathon

Heute läuft wieder einiges.
Bei Ihnen bestimmt auch.
Wir haben allerhand vor.
Das kann mal wieder
ein echter Marathon werden.
Bis alles erledigt ist,
sind wir es dann auch.

Apropos Marathon:
Da hab ich doch nicht schlecht gestaunt,
als nach dem Gutenberg-Marathon in Mainz
ein erfolgreicher Läufer interviewt wurde.
Und auf die Frage,
wie man denn so einen Marathonlauf durchhält,
hat er gesagt:
„Man muss die richtige Langsamkeit finden."
Ich dachte, ich hör nicht recht.
Nicht: So schnell wie möglich,
hat er gesagt,
sondern wohldosiert,
so langsam also,
dass man nicht zu schnell alle Kräfte verbraucht hat
und dann nicht mehr weiterlaufen kann.

Langsam genug muss man einen Marathon laufen.
Wenn das mal kein Motto ist.

Nicht aus der Tür stürzen,
davonrasen und alles auf einmal erledigen wollen,
sondern Schritt für Schritt abmarschieren,
was zu tun ist.

Das gilt dann wohl auch für den gesamten Lebenslauf.
Der ist ja nun erst recht mit dem Marathon zu vergleichen.
Mit seinen Durststrecken
und allem Kampf und Krampf zwischendurch.
Wo man am liebsten aufgeben und aussteigen möchte.
Was für eine Kondition brauchen wir da!
Was für einen langen Atem.
Und wie viel Seitenstechen und weiche Knie gibt es dabei.

Ich weiß nicht,
ob Jesus jemals Marathon gelaufen ist,
aber weit gegangen ist er schon.
Und er hat für seine Leute einen Trainingsplan,
eine Konditionsübung,
eine Durchhalteparole bereit.
Die scheint mir ziemlich vielversprechend zu sein.
Er sagt nämlich:
„Sorgt euch nicht um den morgigen Tag.
Es ist genug,
dass jeder Tag seine eigene Plage hat."

Froh und munter

für Peter

Wozu ist die Kirche da?
Warum gibt es sie noch?

Gehen wir einmal waghalsig davon aus,
dass da ein Sinn dahintersteckt.
Unterstellen wir dem lieben Gott,
dass er damit eine Absicht verfolgt.

Was soll dabei herauskommen, wenn wir
zusammenkommen?
Gehen wir einmal wieder der Sache auf den Grund.
Grundlos kann das doch nicht sein …
Wir fragen uns doch die ganze Zeit schon,
wohin das führen soll,
wenn in unserer Kirche nur noch von dem geredet
wird,
was wir alles nicht mehr sind und nicht mehr haben.
Wo zwei oder drei versammelt sind,
da ist doch in Gottes Namen
die Untergangsstimmung mitten unter ihnen.
Und mit einer unbändigen Lust und Laune
wiederholen wir fast fasziniert das,
was es in unserer Kirche nicht mehr gibt:
nicht mehr genug Leute,

nicht mehr genug Geld,
nicht mehr genug Geltung.

Die Kirche ist in der Krise.
Und das kostet ganz viel Kraft.
Und vor allem:
Es macht so überhaupt keinen Spaß.
Die Männer und Frauen,
die für die Gemeinden Verantwortung tragen,
sie sind so dermaßen erschöpft und enttäuscht.
Und vor allem die guten Leute
sind ganz böse dran.

Dabei soll es doch unter uns Christen ganz anders zugehen.
Es muss uns doch mehr gut- als wehtun,
wenn wir als Kirche zusammenkommen.

Zu nichts anderem ist die Kirche da.
Kein anderer Grund ist zu nennen dafür,
dass es Gemeinden gibt,
dass wir die Glocken läuten
und so tun,
als hätten wir Anlass zur Sammlung:

Es soll uns froh machen.
Es soll uns trösten
und erbauen

und aufrichten.
Es soll uns zum Leben helfen.

Am Ende jedes Gottesdienstes sollte es uns zumindest
nicht schlechter gehen
als vorher.
Das wäre schon ein gutes Ziel.

Wenn die Leute nach einer guten Stunde Gottesdienst
sich wieder verabschieden,
sollten ihre Gesichter heller und heiterer sein als
zuvor.
Sind sie das nicht,
geht es deutlich schlechter,
dann sollten wir gleich wieder die Glocken
einschalten
und das Ganze noch einmal von vorne beginnen.
Denn dann haben wir definitiv etwas falsch gemacht.

Unser Zusammensein soll mehr leuchten als betrüben,
unser Singen mehr klingen als dröhnen.
Sang- und klangvoll soll es zugehen.
Die Kirche soll unsere gute Stube sein,
in der wir unseren Platz finden
und uns zu Hause fühlen,
wohnen können
und Ruhe finden,
Nähe spüren und doch für uns selbst sind.

Die Kirche hat also nur einen einzigen Auftrag:
Sie soll die Leute froh und dankbar machen.
Mit der guten Nachricht von der Macht der Liebe
Gottes,
die sich in Jesus offenbart.

Eintracht statt Zwietracht soll sie säen,
sie soll anleiten zum Glücklichsein.

Und wenn sie das tut,
ja wenn sie das täte,
dann würde dabei etwas ganz Besonderes,
etwas ganz Wunderbares herauskommen.

Sie würde nämlich dabei
mitunter
selber froh
und munter.

Schiefertafel und Laptop

Manchmal komme ich mir vor wie ein Analphabet.
Wenn die Computerfreaks zusammenstehen
und sich unterhalten.
Das hört sich wie eine Geheimsprache an,
die nur Eingeweihte entschlüsseln können.
Und mich haben sie nicht eingeweiht.
Dauernd kommen sie mit neuen Wörtern,
die ich nicht kenne.
Ja, die Welt erfindet ständig neue Sprachen,
neue Begriffe,
die kein Mensch begreift.

Wenn ich bedenke,
dass ich im letzten Jahrhundert noch
auf der Schiefertafel schreiben gelernt habe
und heute mit dem Laptop umgehen kann,
einigermaßen jedenfalls,
dann ist das doch schon eine große Leistung,
oder?
Gut, ich habe auch faxen
und dann später mailen gelernt,
ich weiß, was eine Homepage und eine Website ist,
ich kann abspeichern und downloaden
und ich gehe ins Internet,
Soft- und Hardware machen mir keine Angst mehr,
ich schätze meinen Rechner

und was der alles auf der Festplatte hat …
Aber Twitter und Facebock überfordern mich,
skypen kann ich nicht,
nur googeln,
das schon.
Was ist eigentlich mit PowerPoint gemeint?
Wer erklärt mir die Welt?

Wenn mich jemand
mit meinem erst knapp zehn Jahre alten Handy
telefonieren sieht,
dann kann es passieren,
dass ich ein Autogramm geben muss,
weil wir beide so dermaßen museumsreif sind,
dass es schon wieder eine Attraktion zu sein scheint.

Wenn heute mein Großvater noch einmal auf die Welt
käme,
er würde vermuten,
er sei auf einem falschen Planeten gelandet,
so außerirdisch käme ihm das alles vor.

Und doch ist es noch nie anders gewesen.
Immer schon und unaufhörlich haben die Leute
neue Dinge begriffen
und auf den Begriff gebracht,
erfunden und erdacht.

Und genauso ist es auch von Gott gewollt.
Schon ganz am Anfang,
als er das Ganze installiert hat,
gab er den Menschen den klaren Auftrag,
alles zu erkennen und zu benennen.
Und so ist es dabei geblieben.
Wir finden und erfinden ständig etwas neu.
Daran kann man sehen,
wie viel uns Gott von seinem Erfindergeist
geschenkt hat.
Wir dürfen mitmischen bei seiner Erschaffung der Welt.
Wir sind schöpferisch, bis zur Erschöpfung.
Göttlich ist das,
wunderbar,
wenn wir nur nicht vergessen,
wer uns das ganze Betriebssystem gegeben hat,
dass Gott uns ein sicherer Back-up ist,
damit wir nicht hoffnungslos abstürzen.
Haben Sie das jetzt abgespeichert?

Es piept wohl

Irgendwie kam ich ungelegen.
Mit meinem Besuch hatte er nicht gerechnet.
Das habe ich gleich gespürt.
Ich stehe da wie so ein Vertreter für Schmierseife und Schnürsenkel
und höre, wie einer sagt: „Wir kaufen nix!"
Aber weil der Mann,
ein höflicher Mensch eben,
den Pfarrer jetzt nicht vor den Kopf stoßen will,
lässt er mich rein.
Wir waren zwar verabredet,
aber irgendwie hatten sie's vergessen.

Seine Frau war mit Baby zur Oma gefahren
und er allein zu Haus –
und das nicht ungern.
Nun stehe ich da
und will über die Taufe seines Kindes reden.
Oh Gott!
„Na, dann kommen Sie mal rein",
sagt er mit Spaßfaktor null im Gesicht.
Und jetzt sitzen wir uns gegenüber,
einigermaßen verlegen,
im Wohnzimmer.
Ich umständlich mit meinen Formularen hantierend
und irgendwie unpassenden Fragen im Kopf

und er mir gegenüber,
merkwürdig abwesend.
Auf einmal kommt ein Piepton und er springt auf,
verschwindet im Nebenzimmer,
bleibt eine Weile dort,
kommt händereibend zurück
und nimmt wieder Platz.
Aber er sitzt so wie auf dem Sprung,
seltsam angespannt.
Dann wieder dieser Ton,
er raus aus dem Zimmer,
verschwindet,
kommt zurück,
setzt sich wieder –
und lächelt mich an.
„Sie fragen sich bestimmt, was ich da mache …“,
sagt er fürsorglich.
„Und ob!“, antworte ich ihm.
„Sie sind irgendwie auf der Flucht – oder was machen
Sie da andauernd nebenan …¿“
Jetzt fängt er an zu lachen,
und ich spüre plötzlich, wie sich aller Vorbehalt und
jede Distanz lockert.
„Wissen Sie, ich spiele Schach
und am Wochenende ist ein Turnier.
Ich bin mitten im Training.
Und jedes Mal, wenn der Computer piept,
hat er einen Zug gemacht

und ich bin dran.
Verstehen Sie?"

Ich verstehe.
Ich habe ihn also mitten in einem Trainingsspiel gestört.
Wieder piept es und er sagt:
„Moment mal",
verschwindet wieder
und kommt zurück mit triumphalem Lächeln.
„Ich glaub, jetzt hab ich ihn so weit."
„Sie gewinnen?", frage ich.
„Kann sein!", sagt er.
Ich beschließe, zu gehen und nicht länger
Spielverderber zu sein.
Außerdem habe ich alles,
was ich brauche
für die Taufe.

Am Taufsonntag sind sie dann alle da,
die ganze Verwandtschaft,
hören ganz aufmerksam zu.
Und ich erkläre die Taufe ungefähr so:

Durch die Taufe eröffnet Gott unsere Begegnung
mit einem ersten Zug.
Er macht uns eine Liebeserklärung und stellt sich auf
uns ein.
Und jetzt sind wir dran.

Es ist wie im Schach:
Jede Begegnung lebt davon, dass einer reagiert.
Auch auf Gott.
Zug um Zug.
Wer nicht reagiert, setzt sich selber schachmatt.
Als Getaufte sind wir alle am Zug.
Gott wartet auf unsere Antwort.

Haben Sie auch gerade
diesen Piepton gehört?

Gesundheit!

Man darf jetzt wieder „Gesundheit!“ sagen.
Haben Sie das gehört?
Es hat ja eine Zeit lang geheißen, es sei ab sofort unanständig,
so etwas zu sagen, wenn jemand hat niesen müssen.
„Gesundheit!“ sagen,
das wäre irgendwie tendenziell eine Unterstellung,
würde sozusagen das Gegenüber als krank abstempeln.
Stattdessen sollte man fürsorglich den Kopf neigen
und sachte nachfragen: „Haben Sie sich erkältet?“
Nun aber haben Benimm-Experten endlich wieder
Schluss gemacht mit dieser merkwürdigen Tabulösung.
Zumindest nach dem Willen der Deutschen Knigge-Gesellschaft
dürfen wir uns wieder nach Herzenslust
„Gesundheit!“ zurufen.
Von offizieller Seite wurde zwar noch einmal bestätigt,
dass es aus historischer Sicht nicht ganz korrekt sei,
seinem Gegenüber Gesundheit zu wünschen.
Weil in Zeiten von Pest und Cholera
sich die angeniesten Menschen
eher selber Gesundheit gewünscht hätten
in der Hoffnung, nicht angesteckt worden zu sein.
Aber heute sei der Ausruf eben höflich gemeint
und der Niesende eher beleidigt,
wenn niemand Gesundheit sagt.

Wie gut, wie gut!
Dann hätten wir das endlich wieder geregelt.
Denn es hat sich einfach gezeigt,
dass die Leute an der Stelle unbelehrbar sind.
Sie lassen sich den „Hatschi-Gesundheit!"-Reflex
einfach nicht nehmen.
Und das finde ich wunderbar.

Es ist ein Stück Menschenfreundlichkeit,
dass wir die kleinen Botschaften
in- und auswendig kennen
und wenn wir uns treffen, „Guten Morgen!" sagen
oder „Guten Tag!".
Wenn wir essen, sagen wir:
„Guten Appetit!"
Ist jemand krank, wünschen wir: „Gute Besserung!"
Gratulieren tun wir mit: „Herzlichen Glückwunsch!"
Wir senden einen „Schönen Gruß".
Stoßen auf die Freundschaft an
und sagen: „Zum Wohl!"
Und wenn wir was falsch gemacht haben,
sagen wir im besten Fall:
„Entschuldigung!"

Das sind die kürzesten Verbindungen
mit ganz viel Botschaft drin.
Das sollten wir pflegen.

Solange wir noch „Gesundheit!“ sagen,
wenn jemand Schnupfen hat,
so lange sind wir noch Mitmenschen
und aufmerksam füreinander.

In der Kirche haben wir auch so eine Kurzform.
Wir segnen.
Wir sagen:
„Geh mit Gott!“
„Sei behütet!“
Beim Segen,
da werden sozusagen
alle Gruß- und Kusssignale zusammengenommen.
Wenn wir segnen,
dann wünschen wir damit
in Gottes Namen
Gesundheit
und senden Grüße,
beste Wünsche,
machen Appetit aufs Leben,
ziehen den Hut
und sagen: „Grüß Gott!“

Und das ist bestes Benehmen,
im Einvernehmen mit Gott,
der auch unser Bestes will,
selbst wenn wir ganz viel
niesen müssen.

Warum ist der Himmel blau?

Wir sind zum Wundern geboren.
Weil wir ein Wunder sind.
Unser Leben ist von Anfang an
kein Ergebnis,
sondern ein Ereignis.

Als Kinder sind wir talentierte Bewunderer
alles Wunderbaren.
Da können wir noch Bauklötze staunen
und die Vernunft
und das Wissen stehen uns dabei
noch nicht im Weg.
Regen und Sonne,
Blumen
und jedes Ding faszinieren uns.

Das ändert sich.
Je klüger und erfahrener,
desto rationaler werden wir.
Sachlich, wissend, mit Verstand,
das halten wir tunlichst für eine Tugend,
das gilt als Ausweis für Lebenstüchtigkeit.

Wer dagegen auf Wunder hofft,
steht unter dem Verdacht
der Leistungsverweigerung.

Rational berechnend und sachlich fachlich zu sein,
das ist ein Qualitätsmerkmal,
das bezeichnet Kompetenz und Souveränität.
Wer das Leben meistern will,
der muss realistisch
und ganz auf dem Boden
der tatsächlichen Tatsachen sein
und bleiben.
Abheben, träumen,
das Unmögliche erwarten,
das sind eher disqualifizierende Untugenden,
die sich niemand leisten kann,
der es zu etwas bringen will.

Dabei sind und bleiben beide Denkweisen und Einstellungen,
die rationale und die irrationale,
eine unverzichtbare Doppelbewegung,
die sich bedingt
und nicht etwa gegenseitig ausschließt.

Wir sind zu beidem fähig und beides befähigt uns.
Mysterium und Faszinosum
werden ebenso gebraucht
wie Zahlen, Daten und Fakten.
Wenn wir alles wissen,
wissen wir auch,
wie wenig das vorerst noch ist.

Auch wenn längst alles erklärt,
entzaubert, definiert zu sein scheint,
auch wenn es so aussieht,
als seien alle Rätsel gelüftet,
bis hin zum genetischen Code des menschlichen Lebens –
es bleibt uns vieles ein Rätsel,
es ist nicht zu fassen,
was alles nicht zu fassen ist.

Dabei haben wir uns jetzt schon so lange besonnen und konzentriert,
haben nachgedacht und kalkuliert,
berechnet und abgewogen,
haben Analysen gemacht und Theorien aufgestellt,
haben mit Formeln und Regeln
das Unberechenbare koordiniert,
uns ist wirklich nichts entgangen,
wir haben alles ausgeleuchtet
und hinter jedes Geheimnis eine Erklärung gebracht,
wir sind nicht mehr die naiven, unwissend Ahnungslosen,
sondern nüchtern, sachlich Wissende.

Und obwohl alles klipp und klar zu sein scheint –
wir sind noch immer nicht seelenruhig,
sondern sehnsüchtig suchend
nach Zauber und Vision,

angewiesen auf das,
was außerhalb unserer Machenschaften einfach
passiert
und ohne uns, für uns,
trotz unserer Anwesenheit,
uns scheinbar zufällig zufällt.
Wie das Lachen und Weinen,
das Streicheln,
der Kuss, das Verzeihen,
ja, das ganze liebe Leben
vor und nach dem Tod …

Auch wenn wir heute vor Blitz und Donner
keine Angst mehr haben,
auch wenn die Natur ganz natürlich zu funktionieren
scheint,
auch wenn alles irgendwie funktioniert,
es bleibt doch die Frage:
Warum ist der Himmel blau?

Kontaktschleifen

Kontaktschleifen sind wichtig.
Das habe ich jetzt wieder mal gesehen.
Am Rande unseres Wohngebietes
auf dem Weg in die Stadt.
Wir stehen vor einer roten Ampel.
Die Schlange ist schon ziemlich lang.
Und es dauert.
Vor roten Ampeln scheint ja sowieso manchmal
die Zeit einfach stillzustehen.
Es vergehen minutenlange Ewigkeiten,
aber es tut sich einfach nichts.
Schließlich steigt aus dem Wagen vor uns jemand
entschlossen aus
und geht nach vorne
zum ersten Auto.
Wir schauen gespannt zu.
Da wird doch nicht jemand unangenehm ausrasten,
nur weil die Ampel halt einfach nicht umschalten will.
Aber nein.
Sie klopft an die Scheibe,
gestikuliert und schüttelt den Kopf,
und dann nickt sie ganz erleichtert.
Na also!
Endlich fährt das Auto ein Stück nach vorne –
und wenige Augenblicke später
wird es Grün.

Wir fahren los und haben verstanden:
Da ist jemand nicht weit genug an die Ampel herangefahren,
hat die Kontaktschleife im Boden nicht berührt,
und deswegen haben wir nur noch Rot gesehen.

Kontaktschleifen sind nur dann aktiv,
wenn genug Nähe entsteht
und das Signal auch ankommt.

Und das ist nicht nur an der Kreuzung so,
sondern im Leben überhaupt.
Wenn wir nicht weiterkommen
und das eigene Leben und das Leben anderer
auf der ganzen Länge aufgehalten und angehalten wird,
dann liegt es oft einfach auch daran,
dass wir zu weit wegbleiben voneinander,
von dem Problem,
von dem wunden Punkt.

Die grüne Welle kommt nicht von allein.
Vorwärts auf unserem Weg kommen wir nur,
wenn wir uns auch bemerkbar machen
und sozusagen anmelden.

In der Bibel wird eine zauberhafte Geschichte
von einer kranken Frau erzählt,

die unbedingt von Jesus bemerkt und geheilt werden will.
Aber sie steht im Stau.
Es geht einfach nicht voran.
Viel zu viele wollen drankommen und beachtet werden.
Da kämpft sie sich durch ganz in seine Nähe
und schafft es gerade so bis zur Kontaktschleife.
Das ist diesmal der Saum seines Gewandes.
Von hinten sogar nur,
sodass Jesus sie gar nicht sehen kann.

Aber sie schafft es.
Es wird Grün, grün wie die Hoffnung,
weil Jesus merkt,
dass er berührt worden ist
und sich umdreht zu ihr
mit seiner ganzen Aufmerksamkeit.
Wunderbar.

Näher,
mein Gott,
zu dir.

Gänsehaut

Nach dem Gottesdienst klopft es an der Sakristei.
Sie möchte sich gerne bedanken.
Endlich mal jemand,
der meine gute Predigt ausdrücklich würdigen will,
mutmaße ich.
Aber da raubt sie mir schon gleich alle Illusionen
und sagt:
„Die Atmosphäre des Gottesdienstes
hat mir Gänsehaut gemacht."

Ja, wofür sind wir denn noch zuständig?,
denke ich kritisch stirnrunzelnd.
Gefühlsduselei –
das ist doch das Letzte.
„Seid nüchtern und wachet!",
heißt es doch.
Heiliger Kuschelrock!
Darf das denn sein?

Sie merkt mein Unbehagen
und schiebt nach:
„Wenn ich keine Gänsehaut kriege,
dann taugt ein Gottesdienst doch nichts!
Ich will, dass es unter die Haut geht
und nicht nur durch den Kopf!"

„So ist es!“,
höre ich mich staunend sagen.
Die Kirche ist tatsächlich das Institut
für die Gewährleistung von Gänsehaut!
Im Gottesdienst sollen wir nicht nur hören,
sondern fühlen.

Und es entspinnt sich ein schönes Gespräch
über die Gänsehautgeschichten der Bibel,
in denen es immer aufs Herz ankommt.

Bei Maria an Weihnachten,
bei den Jüngern in Emmaus,
bei den Leuten an Pfingsten in Jerusalem.

Im Herzen bewegen,
brennend sogar,
es sich durch und durch gehen lassen
und dann fragen: Was sollen wir tun?
Immer ist es ein heiliger Schauer,
der erschüttert und bewegt.

Emotionsfreie Zonen gibt es schon genug.
Glaube aber, der sich anfühlt
und der berührt,
kann unmöglich nur den Kopf rauchen lassen.
Da muss das Herz brennen.
Lodernd!

Und dafür sind wir zuständig.
Dafür sollen wir die Bedingungen schaffen.
Liturgisch, praktisch, gut.

Übrigens:
„Ihre Predigt war auch nicht schlecht!“
Jetzt krieg ich
die Gänsehaut.

Mit Sicherheit!

Welche Werte sind uns wichtig?
Worauf legen wir Wert?
Was ist uns wertvoll?
Eine Umfrage wollte das wissen.
Und das Ergebnis?
Für die Mehrheit der Deutschen
ist die *Sicherheit* der wichtigste Wert.
Aber was ist schon sicher?
Das Leben ist doch ein einziges Sicherheitsrisiko.
Niemand kann sich sicher sein. Wie auch?
Wir sind unsicher.
In allen Richtungen:
politisch,
gesellschaftlich,
beruflich,
privat.
Ob ich gesund bleibe?
Meine Arbeit behalte?
Ob meine Beziehung hält?
Ob aus meinen Kindern was wird?
Wie es mal im Alter sein wird?
Mit Sicherheit gibt es die absolute Sicherheit nicht.
Und doch ist sie uns wert und teuer.
Gerade deswegen ist das so.
Weil wir so wenig davon haben.
Wir möchten so gerne gut aufgehoben, abgesichert sein.

Kann es nicht irgendwie mehr davon geben,
von dieser Sicherheit?

In der Bibel steht: Gott ist der Einzige,
der uns so etwas schenken kann.
Das Wort Religion kommt ja von dem lateinischen Wort
„religio“ und das bedeutet:
Rückbindung,
Anhaltspunkt.
„religio“ haben, einen Glauben also,
das könnte so eine Art Sicherheitsleine sein,
eine Verbindung,
die hält, wenn's drauf ankommt.
Dass ich weiß, was mich trägt
über all die Unsicherheiten meines Lebens hinweg.
Geborgen ist mein Leben in Gott.
Er hält mich in seinen Händen.
Da bin ich mir sicher.
Alles andere kann dann sein,
wie es will.

Das ist keine Garantie
und kein Abonnement auf Glück und unfallfreies Fahren.
Aber es ist so etwas
wie das Netz, über dem ich meine Seiltänze mache.
Sicher ist sicher,
sag ich mir da
und vertraue auf Gott.

Einmal hat Gott sogar so eine Art Versicherung
mit den Menschen abgeschlossen.
Die Police schreibt er jedes Mal,
wenn Regen und Sonne sich küssen,
an den Himmel.
Der Regenbogen ist seine Unterschrift
unter der Zusicherung:
„Solange die Erde steht,
sollen nicht aufhören
Saat und Ernte,
Frost und Hitze,
Sommer und Winter,
Tag und Nacht.“

Mit Sicherheit.

Zeugen gesucht!

Wir waren verabredet für später am Abend.
Denn wir wollten uns treffen, wenn die Kinder schon schön schlafen
und es sich besser reden lässt.
Es sollte um die bevorstehende Taufe der kleinen Tochter gehen.
Solche Gespräche bei den Leuten zu Hause sind wichtig.

Ich bin fast pünktlich,
der Vater öffnet.
Er führt mich ins Wohnzimmer
und erklärt mir dann gleich,
dass die Kleinen einfach nicht einschlafen wollen
und seine Frau noch oben bei ihnen im Zimmer ist.

„Nicht schlimm!“, sage ich,
„Sie sind ja da!
Wir zwei Männer kriegen das schon hin.“

Aber was nach Entlastung klingen sollte,
das sieht mein Gegenüber ganz anders.
Eher als peinlichen Druck.
„Ach, wissen Sie, Herr Pfarrer“,
meint er nachdenklich,
„ich bin da wahrscheinlich nicht so ganz der Richtige.

Ich kenn mich mit der Kirche nicht so aus.
Außerdem lässt mein Dienstplan da auch wenig Zeit für."
„Sie sind Polizist, habe ich erfahren."
Er nickt.
„Ich stelle mir Ihren Beruf sehr spannend vor.
Wie sieht Ihr Alltag denn aus?"

Jetzt ist er in seinem Element.
Das kann er gut:
einem ahnungslosen Pfarrer erklären,
wie es in der freien Wildbahn zugeht.
Schließlich kommt er auf einen
für mich besonders interessanten Punkt.
Es geht um die Funktion als Verkehrspolizist
und dass man da Unfälle aufnehmen und dokumentieren muss.
Ziemlich schwer.
„Und dann kommen wir an so einem Unfallort an,
die Leute stehen Spalier, als ob's was umsonst gäbe.
Und kaum haben wir das Nötigste veranlasst und geregelt,
gehen wir auf unmittelbar dabeistehende Leute zu
und fragen, was sie gesehen haben –
und wissen Sie, was die antworten?
Nichts! Nichts haben die gesehen.
Niemand hat auch nur die leiseste Ahnung,
was passiert sein könnte.

Du findest heute keine Zeugen mehr.
Niemand will eine Aussage machen!"

Da geht die Wohnzimmertür auf.
Seine Frau steht da und entschuldigt sich.
„Kein Problem", sage ich,
„wir haben uns wunderbar unterhalten
und ich habe viel dazugelernt!"
Wir besprechen dann den Ablauf der Taufe
und was es sonst an Fragen gibt.

Auf dem Heimweg geht es mir nicht mehr aus dem Kopf.
Niemand will eine Aussage machen!
Menschenskind,
das ist doch wichtig für die Taufe.
Eltern sind ja so was wie „Augenzeugen der Schöpfung".
Und das ist kein Unfall,
das ist ja ein Glücksfall!
Wer ein kleines Kind bekommt,
der ist doch dem Schöpfer direkt in seine Werkstatt gelaufen.
Hat zugeguckt und am eigenen Leibe erlebt,
wie es passiert, das Wunder des Lebens.

Und jetzt kommt alles darauf an,
dass so einer seine Aussage nicht verweigert.
Sondern sich bereithält und bezeugt,

wie er seinen Gott erlebt hat,
sozusagen auf frischer Tat.

Und so hab ich das dann auch am Taufsonntag
in der Kirche erklärt,
was es bedeutet, das Versprechen,
seine Kinder im christlichen Glauben zu erziehen.
Ganz einfach:
Die Zeugenaussage nicht verweigern.

Sitzverlegenheit

Ich will und kann die Frage nicht länger
auf mir sitzen lassen:
Warum, um Gottes und der Menschen willen,
müssen wir in der Kirche so schlecht sitzen?
Gerade habe ich wieder einen Gottesdienstversuch
hinter mir,
bei dem ich bereits beim Platznehmen beinahe geplatzt
wäre.
Da ist doch wirklich und wahrhaftig genau an der
Stelle,
wo sich der Rücken gerne anlehnen will,
eine bösartig ausgearbeitete Ausbeulung in der Bank,
sodass man beim leisesten Versuch,
sich bequem hinzusetzen, eine körperliche Züchtigung
erfährt.
Da hat noch keine Orgel gepfiffen,
da ist noch kein falscher Ton ertönt,
noch kein Evangelium aufgeschlagen –
und doch schon die geschreinerte Predigt gehalten,
die da heißt:
Christsein hat nichts mit Wohlfühlen zu tun.
Gottesdienst ist kein Vergnügen.
Achtung!
Bei dieser Veranstaltung soll es gefälligst einem jeden
ins Kreuz fahren,
weil es schließlich eine Leidensgeschichte ist,

die uns das Heil bereitet.
Gnade ist, wenn der Schmerz nachlässt.
Das nenne ich:
erlebnisorientierte Bußfertigkeit,
versessene Verkündigung mit nachhaltiger
Schmerzgarantie,
homiletisch-hölzerne Foltermethode,
ganzheitliche Körpererfahrung mit spiritueller Anleitung
zum Wehklagen.
Sollte der Heilige Geist am Ende doch ein Quälgeist
sein?
Wie kann man nur eine innenarchitektonische
Menschenverachtung so massiv installieren?
Wer um alles in der Welt kann diese Botschaft
entkräften oder länger auf die lange Bank schieben?

Da muss etwas gehobelt werden.
Da müssen Späne fallen.
Zum Glück erlaubt uns die Liturgie,
ab und zu aufzuerstehen,
um das „Kyrie eleison!“ zu singen.
Hoch motiviert.

Ein Kollege hat versucht,
mir die Notwendigkeit dieser Spaßbremse so zu
erklären:
Damit solle vermieden werden, dass die Leute
einschlafen.

Was für ein Unsinn.
Wie hätte jemals aus jahrhundertelanger Erprobung
ein Sprichwort gerinnen können, das da sagt:
Der Kirchenschlaf ist der beste Schlaf!

Ich frage mich allerdings,
wie diese Erfahrung zustande kommen konnte,
wenn doch das Inventar
eine derartige Schlafverhinderung war.

Womöglich stammt es aus der Zeit,
in der die Kirche noch aufgeräumt und offen
und weit und breit ohne Bank und Namen gewesen ist,
ohne Sitz im Leben der platznehmenden Gemeinde.
Da konnte man sich dann im Trubel der Meute
in eine Kuschelecke hauen
und seine Seele baumeln lassen.
Ganz ohne sich was zuschulden kommen zu lassen:
Denn:
Wer schläft, sündigt nicht!

Aber heute setzt es was!
Heute setzt es mir ordentlich zu,
vermöbelt mich
und schickt mich gebeugt auf den Heimweg.
Was für ein Bankgeheimnis.
Wie soll sich etwas setzen,
wenn die Leute so schlecht sitzen?

Tageslichttauglich

Kontaktanzeigen sind interessant.
Jetzt habe ich wieder mal eine ganz besondere gelesen.
Die hat es mir wirklich angetan.
Eine Frau sucht einen Mann.
Das ist ja noch nichts Besonderes.
Aber sie formuliert es so charmant,
dass man einfach beeindruckt sein muss:
„Suche tageslichttauglichen Mann!“
So heißt ihre besonders anspruchsvolle Botschaft.
Tageslichttauglich meint doch wohl,
dass sie mit dem nicht nur nach Anbruch der Dunkelheit
vor die Tür gehen will,
sondern sogar am helllichten Tage.
Sie möchte, mit anderen Worten,
sich nicht schämen müssen,
mit ihm gesehen zu werden,
das darf nicht zum Imageproblem werden.
Tageslichttauglich.
Also vorzeigbar, passend, schön,
ansehnlich mindestens.

Wer von uns möchte nicht umgeben sein von Menschen,
die tageslichttauglich sind,

in deren Nähe man und frau sich wohlfühlt
und gerne gesehen wird!

Das könnte doch auch auf unseren Glauben
anzuwenden sein.
Solange wir unser Christsein irgendwie verschämt
zu Hause einsperren
und uns damit kaum vor die Haustür trauen,
so lange ist es eben alles andere als tageslichttauglich.
Wir schämen uns, den Glauben öffentlich zu zeigen.
Nur im stillen Kämmerlein verkümmert er aber so vor
sich hin.
Er braucht auch frische Luft und freien Ausgang,
er möchte gerne mit unter die Leute genommen werden.
Dass wir an Gott glauben,
muss so attraktiv und anziehend sein,
finde ich,
dass wir damit gerne aus uns herausgehen.
Und wenn uns jemand anspricht und fragt:
„Hallo, was hast du denn da bei dir?“,
dann soll es uns nicht die Schamesröte ins Gesicht
treiben,
wenn wir sagen:
„Darf ich vorstellen,
das ist mein Glaube,
der gehört zu mir,
wir sind ernsthaft zusammen
und wollen es auch bleiben.“

Alles, was sich nicht als tageslichttauglich erweist,
taugt doch auch nichts,
oder?

In einem Psalm der Bibel wird einmal sogar von Gott geschwärmt
wie von einem betörend schönen Partner
an unserer Seite.
Da heißt es so:
„Lobe den Herrn, meine Seele!
Herr, mein Gott,
du bist sehr herrlich,
du bist schön und prächtig geschmückt,
Licht ist dein Kleid, das du anhast …"
Tageslichttauglich,
oder?

Trauerstrategie 1

Wenn es dunkel wird,
dann treibt ihn die Trauer fort,
ganz aus dem Häuschen
ist er dann
und fährt auf die Autobahn.

Dort gibt es zuverlässig
Raststätten.
Die sind wach.
Tag und Nacht.
Und da fragt ihn kein Mensch:
„Kannst du nicht schlafen?“

Dort sitzt er dann,
trinkt Kaffee
und wartet
im Schutzraum
eingeparkten Lebens,
bis es dämmert.

Dann fährt er heimwärts,
noch mit Licht,
aber abgeblendet
und ohne Warnblinker.
Zumindest den
sichtbaren.

Trauerstrategie 2

Im Baumarkt
kann man lange bleiben
am Abend.

Ohne aufzufallen.

Da sind so viele,
die gerade dabei sind,
etwas unter Dach und Fach
zu bringen
wie er.

Da drückt er sich rum,
und vor dem Alleinsein.

Nach Hause muss er noch
früh genug.

Trauerstrategie 3

Schuhe kaufen.
Ausprobieren,
bedient werden,
anstatt es zu sein.

Auf und ab gehen
und nicht unter.

Sich Zeit nehmen
und nicht das Leben.

Aufmerksamkeit
und ein freundliches:
„Kann ich Ihnen helfen?“,
„Das steht Ihnen aber gut!“

Sie muss gar nichts kaufen.
Unbezahlbar ist das,
was sie da umsonst bekommt,
wenn sie in die Stadt fährt
ins Schuhgeschäft,
um sich zu spüren.

„Dann geht's wieder besser
mit der Trauer!“,
sagt sie.

Dankstelle

Peinlich, aber wahr!
Mit dem Auto auf dem Heimweg, schaue ich auf die Tankuhr.
Nur noch knapp ein Drittel.
Die Tankstelle liegt auf dem Weg.
Kein Problem also.
Während ich tanke,
fasse ich so nach hinten an die Hosentasche
und stelle fest: Nichts dabei.
Geldbeutel wird im Auto liegen.
Liegt er aber nicht.
Ich stehe in der Schlange vor der Kasse.
Komme dran.
„Ich habe an der 7 Diesel getankt!“, sage ich.
Und dann: „Kann aber nicht bezahlen.
Habe meinen Geldbeutel zu Hause liegen lassen.
Tut mir leid.“

Jetzt soll ich meinen Ausweis zeigen.
Aber der ist doch auch im Geldbeutel.
Führerschein natürlich auch.
Alles: Meine ganze Identität liegt zu Hause.

Irgendjemanden vom Personal höre ich von Polizei sprechen.
Mir fährt der Schreck in die Glieder.

Ich muss warten, bis der Chef kommt.
Aber der kommt nicht.
Ich steh da so dumm rum …
Es dauert.
Gefühlte fünfzig Minuten.
Inzwischen würde ich jedes Geständnis ablegen,
wenn sich nur jemand um mich kümmern würde.

Dann endlich kommt der Chef.
Er schaut mich an,
wie man eben einen anschaut,
der getankt hat und nicht bezahlen kann.
„Na, dann füllen Sie mal dieses Blatt da aus.
Und dann bitte hier unterschreiben."
Ich versichere feierlich,
dass ich ja nur wenige Minuten entfernt wohne
und im Nu wieder da bin, um zu bezahlen.
Das hätten ihm schon viele erzählt,
sagt der Gute und traut mir nicht.

Dieses doofe Gefühl,
eine so durch und durch ehrliche Haut zu sein –
und es glaubt dir keiner.
Wer bin ich denn, wenn mir keiner traut?
Wie steh ich denn da,
wenn ich nicht nachweisen kann, dass es mich gibt?
Ohne Ausweis, ohne Papiere?

Schließlich darf ich gehen,
werde auf Bewährung freigelassen,
um flugs nach Hause zu fahren und das Geld zu holen.

Ich bezahle wie ein reuiger Sünder
und fühle noch nicht einmal Erleichterung,
als endlich alles gut ist.

Und obwohl der Chef gar nicht danach fragt,
gebe ich ihm meinen Ausweis, nur um zu versichern,
dass ich wirklich ganz offiziell registriert bin.
Er nickt.
Aber das reicht nicht, um mir ein gutes Gefühl zu geben.

Da ist mal wieder klar,
wie wichtig und wertvoll es ist,
dass man uns über den Weg traut.
Dass uns die anderen nicht unterstellen,
Schurken zu sein.

Darum sage ich Ihnen:
Nehmen Sie Ihren Geldbeutel mit,
vergessen Sie den Ausweis nicht,
und wenn Sie tanken müssen,
überprüfen Sie zuerst noch mal,
ob Sie auch bezahlen können.

Und wenn Sie irgendwo in der Nähe einer Kasse
einen anderen so dumm rumstehen sehen,
gehen Sie hin
und leisten Sie Erste Hilfe.

Das ist dann wie ein Gruß vom lieben Gott.
Weil –
der weiß letzten Endes am besten,
dass jeder von uns echt ist.

Sprüche klopfen

Ein Taufspruch ist wichtig.
Er ist wie ein Motto, ein Slogan, ein Leitmotiv.
Ein Taufspruch zu Beginn des Lebens
soll wie ein Startzeichen sein, ein Lebensziel,
eine Programmansage.
Eltern und Paten suchen ihn aus
und setzen damit ein Zeichen.
Der mit Abstand am meisten gewählte Taufspruch
der letzten Jahre heißt:
„Denn Gott hat seinen Engeln befohlen über dir,
dass sie dich behüten auf allen deinen Wegen!"
Das ist der Spitzenreiter.
Absolut konkurrenzlos,
weit vorne.
Warum?
Weil er die Sorge der Eltern und die Sehnsucht
ausspricht.
Unser Kind soll behütet, beschützt, gut aufgehoben
sein.
Die Taufe soll irgendwie vor allem Bösen verschonen.
Und weil das Leben so lebensgefährlich ist,
kann man diese Entscheidung gut nachvollziehen.

Aber nicht immer wird dieser Spruch aus der Bibel
gewählt.
Da kann es auch wunderbare Überraschungen geben.

Ich hatte zum Beispiel einmal ein Taufgespräch
vor laufendem Fernseher.
Das kommt gar nicht so selten vor.
Die Kiste läuft so selbstverständlich wie draußen der Verkehr.
Und niemand findet das störend.
Im Gegenteil. Abschalten wäre wahrscheinlich eher schwer.
Also reden wir mit TV-Hintergrund
über die Taufe.
Da muss man durch.
Und das geht.

Dann kommen wir zu der Frage nach dem Taufspruch.
Da meldet sich der Vater zu Wort,
bis eben noch stiller Teilhaber an dem Ganzen,
und eröffnet mir, dass der Spruch für ihn schon lange feststehe,
weil: Der Spruch wär' eben so gut
und würde genau passen.
„Und wie heißt der?", frage ich.
Und der Vater ruft:
„Nichts ist unmöglich!"
Wie ein Fanal,
wie ein „Auf die Plätze!".
Wie eine Ansage für die ganze Familie.

Ja, ist das denn möglich?
Ich sitze nun da
und weiß nicht,
wie ich die Kurve kriegen soll.
Natürlich kenn ich den Spruch aus der Werbung.
Natürlich weiß ich, welches Auto gemeint ist.
Aber in der Bibel steht das doch nicht.
Oder?
Und es soll doch ein Taufspruch aus der Bibel sein.

Ich sehe, wie der Mann mich jetzt anschaut,
so als wär's eine Prüfung
wie damals bei der Konfirmation,
als ob es um die Frage ginge,
ob er denn kirchentauglich sei.

„Wunderbar!", sage ich,
„gratuliere!
Wissen Sie eigentlich,
dass der Spruch gar nicht von der Autofirma erfunden wurde,
sondern original in der Bibel steht?"

Der Mann schaut mich entgeistert an.
„Doch, wirklich!
In der Bibel steht schon immer:
‚Nichts ist unmöglich
dem, der glaubt!'"

„Echt?“,
staunt da der Vater.
„Dann haben wir ja genau richtig ausgesucht!“
„Stimmt!“,
sage ich
und glaube fest daran.

Tragfähig

Gewusst wie!
Jetzt habe ich mal wieder was dazugelernt.
Es war bei unserem Umzug.
Einige Möbelstücke konnten nur am Stück transportiert werden.
Mein Schreibtisch zum Beispiel.
So ein schönes altes Erbstück.
Ich zeigte es dem Chef der Umzugsfirma.
Wir stellten fest:
Der passt nicht durch die neue Haustür.
Ich war sofort einsichtig und bereit,
mich von dem alten Brocken zu verabschieden.
Aber der Chef nicht.
Den packte jetzt der Ehrgeiz
und er sagte: „Der geht mit
und irgendwie kriegen wir den auch rein."
Ich konnte es mir nicht vorstellen.
Und dann kam es so,
wie es kommen musste.
Er ging beim besten Willen nicht durch die Haustür.
Was sich dann abgespielt hat,
geht mir heute noch nach.
Die vier Männer gingen ums Haus,
sahen den Balkon,
nickten sich zu,
zwei gingen hoch,

zwei blieben unten.
Und jetzt jonglierten sie mit einer Seelenruhe
und einem unglaublichen Geschick das Ding nach
oben,
drehten es,
legten es schräg
und schafften es durch die Balkontür ohne einen Kratzer
rein ins Haus
und ab ins Arbeitszimmer.

Später fragte ich den Chef,
noch immer schwer beeindruckt von dem Meisterstück,
wie er das schaffe,
so schwere Sachen jeden Tag zu heben,
ohne zusammenzubrechen.
Da schaute der mich vielsagend an
und sprach einen Satz,
der in jedem teuren Coaching,
bei jeder Beratung auf der Couch,
in jedem Seelsorgegespräch erfunden worden sein
könnte.
„Wenn Sie etwas Schweres heben wollen“,
sagte er gelassen,
„dann müssen Sie es so anfassen,
dass Sie es tragen können,
ohne sich dabei wehzutun.“

Gewusst wie!

Was unsere Tragfähigkeit betrifft,
so könnte diese Berufserfahrung eines professionellen Trägers
eine wahre Lebenshilfe sein.

Ohne viel Aufhebens davon machen zu wollen,
ertragen wir doch alle allerhand
jeden Tag.
Unerträgliches ist womöglich dabei!
Und ehe wir uns wieder das Kreuz brechen,
verheben, verbiegen, zu tief bücken,
ohne Erfolg, aber mit viel Ach und Weh,
sollten wir genau hinschauen,
wie wir das anders, besser, geschickter anpacken.
An welcher Stelle wir den Hebel ansetzen.
Wie wir das besser begreifen können.
Wo wir eine Chance sehen,
Bewegung reinzubringen.

Und sehen wir zu,
dass wir dazu noch ein paar andere finden,
die mit anpacken.
Die Tragweite dieser Vorüberlegungen ist enorm.

Die Bibel sagt dazu:
„Gott legt uns zwar immer wieder eine Last auf,
aber er hilft uns auch
zu tragen.“

Stationär

In Zimmer 602
gegenüber
ringt sie atemlos
ums Leben
und ruft unentwegt
ins Leere.
Nachts ruft sie Namen.
Sie hört nicht auf damit.
Ihre Stimme ist heiser.

Die Frau aus Zimmer 603
nebenan
geht andauernd im Flur
auf und ab.
Und immer hat sie was anderes an.
Sie zieht sich um.
Und um.
Sie möchte gerne umziehen,
glaube ich.
Ungefragt erzählt sie
von ihrer Zeit in Australien
und in den USA.
Sie hat einen amerikanischen Akzent,
den hört sie gern.
Sonst niemand.
Unerhört einsam.

Nüchtern!
Steht auf dem Schild,
das sie meinem Nachbarn
an den Galgen seines Bettes
gehängt haben.
CT am nächsten Morgen.
„Da muss man keine Angst haben!“, sagt er.
„Das tut nicht weh!“
Später, als er wiederkommt,
tut’s doch wirklich weh.
„Schlechte Nachricht!“, sagt er,
„Tumor!“
Und stellt sich ans Fenster.
November ist draußen.
Und drinnen auch.
Die Putzfrau hat nicht angeklopft,
glaube ich.
Aber professionell ihre Pflicht erfüllt,
das hat sie.

Der Arzt sieht aus dem Fenster
und davon ab,
mein Ansehen zu genießen.
Sein Handy unterbricht uns
nicht wirklich.

„Die Betten sind jetzt hydraulisch.
Mit Fernbedienung,

wirklich ganz sanft!“,
sagt sie –
und schlägt die Tür zu.

Auf dem langen Weg zur Untersuchung
habe ich mich im EG verirrt.
„Vorsicht!“, ruft der Sanitäter
und rettet jemand anderen.

„Stuhlgang gehabt?
Essen fertig?
Blutdruck gemessen?
Temperatur?
Puls?
Hauptsache gesund!
Ultraschall.
Kernspin.
Feingewebliche Probe.“
Schnappe ich im Vorübergehen auf
und dann nach Luft
und dann bald über.

Ich werde entlassen,
morgen.
Bis auf Weiteres
habe ich hier
nur Station gemacht.
Weiß Gott!

Wertschätzung

Wertschätzung brauchen wir.
Ab und zu soll und kann, ja muss es passieren,
dass sich jemand einem anderen zuneigt
und zu ihm etwas Gutes, Anerkennendes sagt.
Soll mir bloß keiner kommen und behaupten,
er bräuchte das nicht: Lob und Anerkennung,
Aufmerksamkeit und Beachtung.
Das sind Signale,
von denen unsere Liebesmüh lebt.
Ohne gute Worte und Zeichen der Sympathie
verdurstet unsere Seele.
„Hast du heute schon dein Kind gelobt?“,
stand vor Jahren auf einem Autoaufkleber
und hat zur Kultur des gegenseitigen Anerkennens
aufgerufen.
In der Kirche wird viel zu wenig gelobt.
Da sind Leute Woche für Woche,
Sonntag für Sonntag unterwegs
und helfen mit und packen an und tragen
und ertragen das Gemeindeleben auf ihren Schultern
und in ihren Herzen
und keiner merkt's.
Da wird gebetet
und gearbeitet
in Presbyterien, Bibelkreisen, Arbeitsgruppen,
da gibt es Leute,

die machen jahrelang den Kindergottesdienst,
sind Mitarbeiter bei Freizeiten und Tagungen,
reparieren, renovieren, konfirmieren, kritisieren
fleißig –
und am Ende
scheint alles unwichtig,
womöglich umsonst, vergeblich, egal zu sein.
Unter Christen gilt es mitunter sogar als Tugend,
völlig selbstlos und ohne Lob und Anerkennung zu
erwarten,
alles zu geben.
„Nichts zu danken!", sagen wir gern.
„Ist doch selbstverständlich!", winken wir ab.

Und trotzdem!
Da stimmt etwas nicht.
Es ist einfach nicht wahr,
dass irgendjemand etwas leben und lieben und leisten
kann,
ohne die wärmende, aufrichtende Kraft wertschätzender
Anerkennung und beachtlicher Beachtung.

Und damit wir da gar nicht erst in
Begründungsnotstand kommen
und schon wieder meinen, uns selbst rechtfertigen zu
müssen,
rufen wir dazu den Gottesknecht aus dem Jesajabuch
in den Zeugenstand.

Mitten in schwieriger Zeit der Heimatlosigkeit und der Entfremdung
ist er zum Mitarbeiter Gottes berufen worden,
soll trösten und gut zureden, soll aufrichten und ermahnen,
soll mitten im Exil Lebenselixier mobilisieren.
Soll leuchtendes Beispiel im Glauben, Hoffen und Lieben abgeben,
soll klare Worte sagen, auch unbequeme,
soll missionieren mit ständigem Erinnern an die Nähe des so fern scheinenden Gottes.
Das ist kein leichter Job, das ist mehr Amt als Ehre,
das ist mehr Mühe als selig.
Und wie so oft, wenn sich Gott Menschen sucht,
die alles geben,
passiert Passion
und sie leiden mehr, als sie leiten,
und sie werden frustriert und womöglich verbittert und vergrämt.
Vergeblich die Kräfte verzehrt, umsonst, unnütz alles.
So klingt die bittere Bilanz.

Wenn wir aus diesem Tal der Resignation herausfinden,
dann nur, wenn wir uns an die entscheidende
und unerschütterliche Wertschätzung erinnern,
die von Gott kommt
und die jedem Menschen gilt.

Man muss kein Prophet sein,
um zu erfahren:
„Ich bin vor dem Herrn wertgeachtet
und mein Gott ist meine Stärke!"

Und dann gilt das Motto:
Wie Gott mir,
so ich dir!

Die Würfel sind gefallen …

Das meiste machen wir spielend.
Routine managt Golgatha.
Da läuft alles nach Plan.
Soldaten sind auch nur Menschen.
Sie tun ihre Pflicht.
Vor ihnen haben ganz andere gehandelt.
Sie stehen ganz am Ende der verhängnisvollen
Kettenreaktion.
Sie führen nur aus, was andere herbeigeführt haben.
Hingerichtet wird lange schon vor dem Kreuz.
Festgenagelt ist schon längst vor dem ersten
Hammerschlag.
Auf Golgatha sind die Würfel längst gefallen.
„Alea iacta est."
Den berühmten Satz hatte Jahre vorher Julius Cäsar
gesagt,
als er siegreich nach Rom vordrang.
Die Würfel sind gefallen. Alles ist entschieden. Der
Kampf ist aus.
Der Tod ist aufgekreuzt.
Jesus von Nazareth –
König der Juden,
INRI.
Pilatus, der frisch gewaschene Saubermann,
hat da was im Schilde geführt.
Alle Achtung.

Da hat er sich nichts reinreden lassen von den Priestern,
den Hohen.
In der Landessprache, Hebräisch,
in der Handelssprache, Griechisch,
in der Amtssprache, Lateinisch,
hat er es öffentlich für alle lesbar gemacht.
„Jesus Nazarenus Rex Judaeorum."
Der gekreuzigte König der Juden –
die Würfel sind gefallen.
Nur damit ihr alle wisst, wer da hängt.

Da ist ihm noch mal ein großer Wurf gelungen,
während sie da unten hocken
und würfeln ums Glück im Unglück.
Spielend kriegen sie das rum.
Und es gibt ja immer was zu gewinnen.
Sogar unterm Kreuz, an dem Jesus hängt.
Nackt.
So wie ganz am Anfang der Mensch gewesen ist,
noch ehe ihn Scham und Scheu aus Gottes Nähe trieben.
Seht, welch ein Mensch!

Und das Einzige, was Jesus hinterlässt,
ist das Kleid, das er anhatte.
Kleider machen Leute.
Ein Kleid macht Jesus zum Sinnträger:
Es ist aus einem Stück genäht.
Das *eine* Kleid.

Es ist also wertvoll.
So wertvolle Sachen tragen sonst nur die
Hohepriester.
Und sie sind dafür zuständig,
mit einem jährlichen Opfergang
das Verhältnis zu Gott zu bereinigen.
Und Jesus.
Er ist der wahre Hohepriester,
der mit seinem eigenen Opfergang das Verhältnis zu
Gott neu bestimmt.
Die Würfel sind gefallen,
während sie noch spielen und zocken
um den heiligen Rock.
Es wäre schade, das wertvolle Stück zu teilen,
und darum kann es nur einer bekommen.
Spielend leicht wird darum gewürfelt.

Es gibt immer was zu gewinnen.
Sogar an den paar Habseligkeiten derer,
die aufs Kreuz gelegt worden sind.
Das war und ist seit Golgatha.

Während da oben am Kreuz einer hängt und einsam
stirbt,
sitzen sie da unten und würfeln sich was.
Sie machen natürlich nichts falsch.
Sie tun nur das, was recht ist.
Nach geltendem römischen Recht

gehört den Henkern das letzte Hemd
der hingerichteten Übeltäter.

Und während sie noch würfeln, ahnen sie nicht,
dass der eigentliche Sieger längst ermittelt ist.
Das Leben ist kein Glücksspiel mehr,
kein Verlieren und Verlorengehen,
kein Verzocken und Verspielen,
weil Jesus nämlich sein letztes Hemd für alle gegeben hat
und so am Ende selbst zum Hauptgewinn wird.
Weil er alle Stationen des Lebens und Leidens und Sterbens
für uns gebahnt, geebnet,
durchschritten hat.

Die Würfel sind gefallen,
wie es Gott gefällt.

Vergeben und vergessen

Vergeben ja! Vergessen nein!
Vergeben und Vergessen.
Das ist eine schwierige Kiste,
eine Beziehungskiste.
Ich glaube ja, dass das Vergeben deshalb so schwer ist,
weil viele Leute meinen,
man würde damit im Nachhinein etwas gutheißen,
was aber doch schlecht gewesen ist.
Deswegen fällt uns wohl das Vergeben so schwer.
Und erst recht das Vergessen.
Aber sollen wir das überhaupt?
Ist Vergeben ein nachträgliches Bagatellisieren
und ist Vergessen sozusagen die Spitzenleistung,
die uns abverlangt wird?
Sind wir dann,
wenn wir vergessen, die wahren Helden des
Verzeihens?
Ich finde: Nein.

Eine alte Geschichte macht das klar.
Nach dem Motto: „Das kommt in den besten Familien
vor!",
erzählt die Bibel ganz am Anfang schon vom Hause
Jakob,
in dem es zwölf Brüder gibt.
Und einer ist Papas Liebling.

Der heißt Josef und hat ein schönes Kleidchen an,
das er sich niemals schmutzig macht.
Und während die älteren Brüder allesamt auf dem Feld arbeiten,
träumt der kleine Josef von was Besserem,
für das er sich hält.
Er reizt seine Brüder bis aufs Blut
und darum kommt es eines Tages auch so weit,
dass das Kind in den Brunnen fällt.
Damit gehen sie aber doch zu weit,
weshalb sie ihn dann wieder aus dem Brunnen holen
und mit der vorbeiziehenden Karawane weit fort
nach Ägypten als Sklaven verkaufen.
Dort macht er Karriere als kluger Krisenmanager
in schwierigen Zeiten.
Und nun kommt es, dass ausgerechnet seine Brüder
wegen der Hungersnot bis nach Ägypten ziehen,
um sich Hilfe zu holen.
Ahnungslos treffen sie auf den verloren geglaubten Bruder.
Und es wird spannend ohne Ende, bis sich Josef zu erkennen gibt und sie einander verzeihen.
Aber dieses Verzeihen hat nichts mit nachträglichem
„Alles halb so schlimm!"
oder „Schwamm drüber!" zu tun.
Josef sagt nämlich zu den Brüdern:
„Ihr gedachtet, es böse mit mir zu machen,
aber Gott gedachte, es gut zu machen!"

Er nennt also das böse Handeln beim Namen.
Was böse war, bleibt böse.
Es ist und bleibt Schuld.
Aber die Schuld hat nicht das letzte Wort.

Weil Gott auch aus dem Bösen was Gutes machen kann.
Aber damit das Böse nicht noch mal passiert,
gilt es gegen das Vergessen anzugehen.

Vergeben können wir einander,
aber Vergessen dürfen wir nicht,
damit wir gewarnt sind.

Vor uns selbst.

Viva Elia

Elia ist ein tapferer Prophet,
der im Auftrag Gottes seinem Volk Israel
die Leviten liest.
Das ist auch nötig.
Denn die Israeliten beten alles an,
was göttlich aussieht,
sie sind chronisch gläubig
und knien vor jedem Stein,
der im Weg liegt.

Und da gibt es dann
einen großen Showdown,
Elia fordert die fremden Götzen heraus.
Es gibt das erste große
Wetten, dass.
Damals wie heute ohne Gottschalk,
aber mit Gott als Schalk.
Es werden Altäre gebaut
mit Holz und Opfergaben drauf
und Wassergräben drum herum.
Und dann sollen die Baalspriester,
die Konkurrenz also,
ihre Gottheit um Feuer bitten.
„Hast du mal Feuer?“,
sollen sie rufen
und enthusiastisch tanzen dabei.

Und das so lange, bis der Funke überspringt
und das Feuer brennt.

Sie tanzen und rufen,
bis sie ohnmächtig werden
und einsehen müssen,
ohne Macht zu sein.

Und dann kommt der große Auftritt Elias.
Er bittet Gott den Herrn, den Schöpfer,
der Himmel und Erde gemacht hat,
doch bitte umgehend Feuer vom Himmel fallen zu lassen.
Und was man sich schon denken kann:
Die Feuertaufe klappt total gut.
Und die anderen kriegen Wut
und es gibt ein furchtbares Gemetzel.

Und dann zieht sich Elia zurück
und ist dermaßen hundemüde,
dass er sich kaum noch auf den Beinen halten kann.
Außerdem sind sie hinter ihm her,
nach wie vor.
Gewinner verlieren immer auch ganz viel,
vor allem den Schutz der Anonymität
und Freunde, die nie welche waren.
Elia ist nicht nur ausgebrannt
nach dem göttlichen Feuerwerksspektakel,

er ist auch plötzlich total deprimiert.
Nach dem Gipfel das Tal.
Nach dem Außerordentlichen
die betörend nüchterne Normalität.

Das kennen wir ja gut:
Du hast alles gegeben,
bist durchs Feuer gegangen,
zumindest warst du Feuer und Flamme
und hast alles gegeben –
und es ist sogar geglückt –
und dann kommst du heim,
warst eben noch euphorisch und unter Strom,
und im nächsten Moment
mausetot,
vollkommen down,
einfach leer,
fertig,
antriebslos und ohne Power.

So ist es auch bei Elia.
Er ist am Boden,
im wahrsten Sinne,
er legt sich unter einen Wacholderstrauch
und schläft ein.
Will nicht mehr aufwachen.
Haltet die Welt an,
ich will aussteigen!

Und dann kümmert sich Gott
um diesen Kummer
und schickt einen Butler,
der ihm Wasser und geröstetes Brot bringt.
„Steh auf und iss, du hast einen weiten Weg!“,
sagt er.
Aber Elia denkt nicht daran aufzustehen,
isst einen Happen, trinkt einen Schluck,
legt sich wieder um
und schläft weiter.
Wunderbar, wenn man sich nach dem ersten
Aufwachen noch einmal umdrehen kann.
Gott gesteht seinem Propheten
eine zweite Halbzeit Schlaf zu.
Er meckert nicht an ihm rum,
moniert nicht seine Motivation
und blockierte Lust.

Elia darf müde sein
und es vorerst bleiben.

Erst als er ein zweites Mal aufwacht
und der Zimmerservice des lieben Gottes
vorbeischaut,
da steht er auf
und geht seinen Weg weiter.

Viva Elia!

Verzeichnis der erwähnten Bibelstellen

Die folgenden Bibelstellen finden sich in den Texten direkt oder in Anspielung:

Bildhübsch: 1. Mose 1,27
Verwandtschaft: Lukas 1,26-31; 2,41-51; 3,23; 4,16-30; 8,19-21
3 x täglich: Daniel 6
Touchscreen: Markus 10,13-16
Staumeldung: Psalm 25,4
Ich rieche, also bin ich: Hiob 1,13-21; 2,7-10; Amos 5,21-24
In den Himmel wachsen: 1. Korinther 13,11-12
Im Krankenhaus: Psalm 1,2
Das sieht ihm ähnlich: 1. Mose 1,27
Friedenserklärung: Matthäus 18,21-35
Besuchstag: 2. Korinther 3,3
Spieglein, Spieglein: Lukas 23,34
Findelkind: Lukas 11,9-10
Müde bin ich ...: 1. Mose 2,3
Kinderwagen und Rollstuhl: Prediger 3,1-11
Marathon: Matthäus 6,34
Schiefertafel und Laptop: 1. Mose 1,28
Kontaktschleifen: Matthäus 9,20-23
Gänsehaut: 1. Petrus 5,8; Apostelgeschichte 2,37-38
Mit Sicherheit: 1. Mose 8,22
Zeugen gesucht: 5. Mose 4,9; Psalm 78,5-7
Tageslichttauglich: Psalm 104

Sprüche klopfen: Psalm 91,11; Matthäus 17,20
Tragfähig: Psalm 68,20
Wertschätzung: Jesaja 40,1; 43,4
Die Würfel sind gefallen ...: Matthäus 27,31-37
Vergeben und Vergessen: 1. Mose 37; 44-45; 50,15-21
Viva Elia: 1. Könige 18-19